TWENTY-ONE STORIES

Graham Greene

二十一个故事

〔英〕格雷厄姆·格林 著　李晨 张颖 译

人民文学出版社

著作权合同登记　图字 01-2017-6222

Graham Greene
TWENTY-ONE STORIES
Copyright © Verdant SA, 1954
Published by arrangement with David Higham Associates Limited through Bardon-Chinese Media Agency.
Simplified Chinese edition copyright © 2018
by Shanghai 99 Readers' Culture Co., Ltd.
All rights reserved.

图书在版编目(CIP)数据

二十一个故事/(英)格雷厄姆·格林著;李晨 张颖译.—北京:人民文学出版社,2018
(短经典精选)
ISBN 978-7-02-013677-3

Ⅰ.①二… Ⅱ.①格… ②李… Ⅲ.①短篇小说-小说集-英国-现代 Ⅳ.①I561.45

中国版本图书馆 CIP 数据核字(2018)第 012725 号

总 策 划　黄育海
责任编辑　朱卫净　潘爱娟　骆玉龙

出版发行　人民文学出版社
社　　址　北京市朝内大街 166 号
邮政编码　100705
网　　址　http://www.rw-cn.com

印　　制　上海盛通时代印刷有限公司
经　　销　全国新华书店等

开　　本　890 毫米×1240 毫米　1/32
印　　张　7.625
字　　数　164 千字
版　　次　2018 年 4 月北京第 1 版
印　　次　2018 年 4 月第 1 次印刷

书　　号　978-7-02-013677-3
定　　价　45.00 元

如有印装质量问题,请与本社图书销售中心调换。电话:010-65233595

SHORT CLASSICS
短经典精选

目 录

001 | 毁灭者
021 | 特殊职责
029 | 情色电影
036 | 剖白之暗示
051 | 尔虞我诈
071 | 上班的男人
079 | 唉,可怜的马林
084 | 辩方有利
089 | 艾奇韦尔路附近的小地方
097 | 过桥
109 | 逃夜
128 | 纯真
134 | 地下室
167 | 里弗先生的机会
187 | 兄弟

197	纪念日
205	多省下的一天
211	我是间谍
215	铁证如山
220	第二次死亡
227	散场

毁灭者

一

那是在八月银行假前夜，新入伙的小子成了沃姆斯利公地帮的老大。除了迈克，没一个人诧异，不过九岁的迈克对每件事情都一惊一乍的。"你要是不闭上嘴巴，"某人曾经对他说，"准会招来青蛙钻进去。"从那以后，迈克就牙关紧闭了，除非实在是吃惊不小。

新入伙的小子是在暑假开始的时候跟上他们这帮人的，可能是因为大家都认可他若有所思的沉默。他一个字不多罗嗦，甚至都没有通名报姓，直到抬出帮规要他讲，他才说了。他说"特雷弗"的时候，就事论事的，要换了其他人，一准会带上要么羞愧难当要么目中无人的腔调。谁都没笑，除了迈克，他发觉没人应和自己，就瞅见那新人的黑色眼珠正盯着自己，于是长开了嘴，又没了声响。后来，他就被叫作T了，T完全有理由成为讥笑嘲讽的对象——比如他的名字（他们换用他名字的第一个字母称呼他，否则就没借口不笑话了），比如他的父亲从前是建筑师，现在当办事员，"落魄"了，比如他的母亲自认为高邻居一等。他有一股子摸不透的邪乎劲儿，免了龌龊的入会仪式的他除了这一点，还靠什么在帮里立足啊？

这帮人每天早晨在一个临时停车场聚头，那里是第一次空袭时最后一颗炸弹爆炸的地方。老大，那个大伙儿都叫他黑子的，说自己听见那炸弹掉下来，也没人一板一眼地考究他的年月日，不会指出那时候他不过一岁小儿，还在沃姆斯利公地地下车站的下层月台上呼呼大睡呢。街上第一栋住人的房子，满目疮痍的诺斯伍德排房的三号就靠着停车场一侧——真是"靠着"，那房子被爆炸的气浪扫到，边墙就靠木头柱子撑住。一颗小一点的炸弹和燃烧弹掉在了房子的另一边，于是这座房子就像一颗缺了口的牙齿杵着，连带着隔壁墙体的遗迹，护墙板，壁炉的残骸。有一回，每天只在表决黑子提出的活动计划时说"是"或"否"的T把帮里人全都吓了一跳，他沉思着说道，"老爸讲，雷恩造的那座房子。"

"雷恩是谁？"

"造圣保罗大教堂的人。"

"管他呢，"黑子说，"它就是小气鬼的家嘛。"

小气鬼真名叫托马斯，以前是个造房子做装修的。他一个人住在那座破房子里，自顾自地过日子：每个礼拜一趟，你会看见他带着面包和蔬菜穿过公地回来，有一回男孩们在停车场玩的时候，他在花园的断墙上探出脑袋看他们。

"刚去过厕所呀。"一个男孩说。因为大家都知道自从炸弹掉下来之后，那所房子的管道就出了问题，小气鬼又太小气，不肯在房子上花钱的。他可以花个成本价自己干一下重新装修的活计，只是他从来没学过管子工的手艺。厕所是间小木棚，在狭长花园的尽头，门上有个星形的洞：爆炸摧毁了隔壁的房子，吸出了三号的窗框，它却躲过去了。

帮里人第二次意识到托马斯先生的存在就更稀奇了。他正从市场回来，在公地遇见了黑子、迈克和一个瘦瘦的黄种男孩，这男孩姓夏，出于某种原因，大家就用姓唤他。托马斯先生拦住他们。他阴阴地说，"你们属于在停车场玩的那帮伙吧？"

迈克要回答，被黑子拦住了。他是老大，他有责任的。"算是呢？"他含糊地说。

"我有些巧克力，"托马斯先生说，"我自己不喜欢吃的。给你们吧。我觉得，不够大家分的。总是不够的。"他又沮丧地确定了一下自己的话。他递过三包聪明豆。

帮里人被这一举动搞得大伤脑筋，变着法子找解释，好不再为之心烦意乱。"我敢说巧克力是别人掉的，他捡了。"有人说。

"偷的，然后又吓惨了。"另一个随想随讲。

"这是贿赂，"夏说，"他要我们别再往他墙上弹球。"

"我们会让他看看，我们不吃这一套，"黑子说，于是他们牺牲了整个上午玩弹球，这个游戏只有迈克因为年龄小还乐此不疲。托马斯先生则踪影全无。

第二天，T让他们全都大吃一惊。他来晚了，他没在的时候已经投票决定这天干啥了。按黑子的提议，全帮要两人一组分散活动，随机逃票坐公车，看看会被粗心的售票员抓到几次（两人一组是为了防止作弊)。他们抽签决定搭档,这时候,T来了。

"你去哪儿了,T?"黑子问,"你现在不能投票了。你知道帮规。"

"我去那儿了。"T说。他看着地面,仿佛有什么想法要隐瞒。

"哪儿?"

"小气鬼家里。"迈克张开了嘴巴,然后咔哒一声赶紧闭上。他想起了青蛙。

"小气鬼家里?"黑子说。帮规不禁止这个,但他感觉到,T在铤而走险呢。他满怀希望地问,"你破门进去了?"

"没有。我按了门铃。"

"你说啥了?"

"我说我想看看他的房子。"

"他呢?"

"他领我看了房子。"

"偷啥了吗?"

"没。"

"那你干吗去那房子?"

帮里人聚拢来:仿佛就要成立个临时法庭,审理一件离经叛道的案子。T说,"那是座漂亮房子。"他还是看着地面,不瞧任何人的眼睛,他舔了一下嘴唇,又反方向舔了一下。

"漂亮房子,你什么意思?"黑子轻蔑地问。

"它有一座两百年的楼梯,像拔软木塞的螺丝起子那样的。没东西撑着。"

"没东西撑着,什么意思?飘浮着?"

"跟反向力有关,小气鬼说的。"

"还有呢?"

"还有护墙板。"

"蓝猪客栈那样的?"

"两百年了。"

"小气鬼活了两百年啦?"

迈克突然大笑,接着又不出声了。会议气氛严肃起来。自从暑假第一天T溜达着走进停车场,他的地位第一次岌岌可危。只要他说出自己的真名,大伙都会跟在他屁股后面。

"你干吗去那房子?"黑子问。他挺大公无私的,没一点儿嫉妒,他尽自己所能在帮里保住T。就是"漂亮"二字把他纠缠住了——它属于一个高级的世界,在沃姆斯利公地地区,你还能看见对那个世界的模仿,有人戴着高顶黑色大礼帽和单片眼镜,说起话来装腔作势地嗯呀啊的。他忍不住说"亲爱的特雷弗,老兄",就放恶狗咬人。"如果你是破门进屋的呢。"他幽幽地说——那才真正是帮派人物干的勾当嘛。

"现在这样更好,"T说,"我有发现的。"他继续盯着自己的脚,不看任何人的眼睛,仿佛沉浸在什么梦中,他不愿意——或者说羞于——和大家分享。

"什么发现?"

"小气鬼要出门,明天和整个银行假都不在家。"

黑子松了口气说:"你是说我们可以破门进去?"

"偷东西?"有人问。

黑子说:"大家都不要偷东西。破门进去——这就够棒了,不是吗?我们可不想惹官司。"

"我可不想偷啥东西,"T说,"我有个更好的主意。"

"什么主意?"

T抬起眼睛,那眼睛像死气沉沉的八月天一样灰暗不安。"我们拆了它,"他说,"我们毁了它。"

黑子只呵呵笑了一声,然后,和迈克一样,不说话了,在那严肃无情的逼视下气馁了。"警察向来是干吗的呀?"他说。

"他们永远不会知道。我们从里面拆。我找到进屋的法子了。"他怀着激情说道。"明白吗,我们就像苹果里的虫子。到我们再出来的时候,那里就什么都没了,没有楼梯,没有护墙板,只有光光的墙,然后我们把墙也弄倒——用个啥办法吧。"

"我们会坐牢的。"黑子说。

"谁来作证?而且,不管怎么说,我们没偷任何东西。"他又说,脸上没有一丝喜悦的神情,"等我们搞完了,也没东西好偷了。"

"我还没听说过因为弄坏东西进牢房的。"夏说。

"时间不够吧,"黑子说,"我见过拆房子的干活。"

"我们有十二个人呐,"T说,"我们要有组织。"

"我们没人懂怎么……"

"我懂。"T说。他看着黑子。"你有更好的活动计划吗?"

"今天,"迈克缺心眼儿地说,"我们要去逃票坐公车……"

"逃票坐公车,"T说,"小孩子的勾当。你好下岗了,黑子,如果你愿意……"

"帮里人都投过票了。"

"那就先搁一边儿。"

黑子不自在地说:"有提议明天和礼拜一我们拆掉小气鬼的房子。"

"嘿,嘿。"一个叫乔的胖男孩说。

"谁支持?"

T说:"通过了。"

"我们怎么开始啊?"夏问。

"他来告诉你们。"黑子说。他的领导就此结束了。他走开了,到停车场后面,开始踢一块石头,把它拨过来盘过去的。停车场里只有一辆旧莫里斯,因为除了货车,轿车很少停在这里:没有看车人,就没有安全性。他朝那辆车飞起一脚,刮掉了后挡泥板上的一小块漆。那边,帮里人当他陌路人,都不注意他了,只围住了T,黑子隐隐感觉到了世态炎凉。他想到了回家去,再不回来了,让他们发现T的领导徒有其表,可倘若T的提议竟是可能为之的呢——以前还从没做过这样的事情呐。沃姆斯利公地停车场帮派的名声肯定会覆盖伦敦周边。报纸会发头条。就连那些把持自由式摔跤赌博的成人帮会和街头推车小贩都会怀着敬意听人说小气鬼的房子是被怎么拆掉的。黑子被这种单纯、简单、无私地为本帮博声名的雄心推动着,回到了小气鬼屋墙的阴影中T立身的地方。

T在果断地发号施令：仿佛他一直与这个方案相生相伴，寒来暑往不断思索，现在到他十五岁的时候，它与青春期的痛楚一起成形了。"你，"他对迈克说，"带点儿大钉子来，你能找到的最大的钉子，还有榔头。有可能的人，最好都带榔头和螺丝刀。我们需要足够多的这两样东西。还有凿子。凿子不嫌多的。有谁能带把锯子？"

"我能。"迈克说。

"不是儿童锯子，"T说，"真正的锯子。"

黑子发觉自己举起了手，像帮里的普通弟兄一样。

"好，你带一把来，黑子。不过现在有个难事儿。我们要把弓锯。"

"弓锯是什么东西？"有人问。

"伍尔沃思百货店里有。"夏说。

叫乔的胖男孩满面愁容地说，"我知道最后还是要我们募捐。"

"我自己去弄一把，"T说，"我不要你们的钱。不过我买不了大锤子。"

黑子说，"十五号在弄房子。我知道银行假的时候他们会把家伙什儿放在什么地方。"

"那就成了，"T说，"我们明天九点整在这儿碰头。"

"我得去教堂。"迈克说。

"翻过那墙，吹口哨。我们放你进去。"

二

礼拜天早上,除了黑子,连迈克都准时到了。迈克交了好运。他妈妈病了,爸爸在礼拜六之夜过后累了,于是大人嘱咐他一个人去教堂,连带说了许多如果他乱跑就会如何如何的警告。黑子在夹带锯子出来的时候遇到点麻烦,后来在十五号屋后又一时找不到大锤。他担心大马路上有警察巡逻,穿花园后面的小巷向房子走来。倦意浓浓的常绿树挡住了预示着风暴即将来临的太阳:大西洋上正在酝酿又一个湿漉漉的银行假日,树下的灰尘已经开始打旋儿了。黑子翻墙进入小气鬼的花园。

四处都没人。厕所像没人管的坟场里的一座墓。窗帘拉上了。房子在沉睡。黑子提着锯子和大锤吃力地走近一些。也许最终没人来呢:这计划就是个不着边际的假想:他们一觉醒来,变聪明了。不过,当他走近后门时,他隐约听见了声响,像蜂箱里蜂群一样嗡嗡着:咔哒咔哒的,梆梆的,刮擦的,嘎吱嘎吱的,还有突然一声惨痛的断裂。他想:是真的,于是吹了声口哨。

他们给他打开后门,他进屋。他立刻得到了一种有组织的印象,与他领导下那种听天由命的方式很不相同。他在楼梯上上上下下地找T。没人跟他打招呼:他感受到巨大的紧迫感,而且他已经可以看出这个方案的端倪了。房子的内部被小心地拆除,却没有触及墙壁。夏拿着榔头和凿子,正在一楼餐厅拆踢脚板:他已经毁掉了门上的镶板。同一个房间里,乔在用力掀起镶木地板条,暴露出地窖顶上的软木板木料。一卷卷电线从坏了的踢脚板里跑了出来,迈克高高兴兴地坐在地板上剪电线。

弧形的楼梯上，两个帮里兄弟正用一把不顶事儿的儿童锯子奋力对付扶手——他们一见黑子的大锯子，二话不说，打个手势就把它要了过去。他再看见他们的时候，扶手的四分之一已经掉到厅里去了。最后，他在洗手间找到了T——他闷闷不乐地坐在这座房子里最没人注意的房间里，听着下面传来的声音。

"你真的做到了，"黑子敬畏地说，"接下来会怎么样？"

"我们只刚刚开了个头。"T说。他看着大锤，发了指示。"你待在这儿，砸掉浴缸和洗脸盆。别理管道。它们是后事儿。"

迈克出现在门口。"T，我弄完电线了。"他说。

"好。你现在到四处逛荡去。厨房在地下室。砸掉所有你弄得到手的瓷器、玻璃杯和瓶瓶罐罐。别开水龙头——我们可不想水漫金山。然后去所有的房间，去开抽屉。如果抽屉锁上了，就去叫人撬开。把你找到的纸都撕掉，把所有的装饰品都砸了。最好从厨房拿把切肉刀。卧室就在对面。拆了枕头，撕了床单。目前就这样好了。黑子你呢，干完这边的事儿，就拿着你的大锤一路过去打掉走廊墙上的抹灰。"

"你干啥呢？"黑子问。

"我在找特别的东西。"T说。

黑子直到快中午的时候才干完，就去找T。混乱升级了。厨房里乱七八糟全是碎玻璃、碎瓷器。餐厅里，镶木地板撬掉了，踢脚板被剥下来，门也卸了铰链，拆屋者们移师上一个楼层。关闭的百叶窗里透进一条条的光，他们以创造者的严肃劲儿工作着——

毕竟，破坏也是一种形式的创造。当年就有人想过这房子会是这副样子。

迈克说："我得回家吃饭了。"

"还有哪个也要回去？"T问，不过其他人都造了这样或那样的借口，随身带好了干粮。

他们蹲在屋里的一片狼藉中，交换着多余的三明治。午饭吃了半个钟头，他们又开工了。迈克回来的时候，他们已经上了顶楼，到六点钟，表面的破坏已告完成。房门统统卸了，踢脚板都掀了，家具也翻空了，劈了，砸了——要睡在这房子里的话，只有躺在一层碎抹灰上了。T下了命令——明早八点到停车场，为免引人注意，一个一个翻花园墙。只有黑子和T留了下来：天光快没了，他们按了个开关，一点没反应——迈克的工作做得很彻底。

"你发现特别的东西了吗？"黑子问。

T点头。"过来，"T说，"看。"他从两个口袋里拽出大把钞票。"小气鬼攒的钱，"他说，"迈克拆了床垫，可没看见这钱。"

"你打算怎么办？分了它？"

"我们不是小偷，"T说，"没人会从这房子里偷走任何东西。我留着这钱是为咱俩——作为庆祝。"他跪在地上，数钞票——一共七十镑。"我们烧了它，"他说，"一张一张地烧。"他们你一张我一张地把钞票竖直拿了，点燃顶端的一角，让火焰慢慢地烧向他们的手指。灰色的灰烬漂在他们头顶，仿佛岁月般落在他们头上。"等我们干完了，我很想看看小气鬼的脸呢。"T说。

"你很恨他吗？"黑子问。

"我当然不恨他，"T说，"如果我恨他，那就无趣了。"最后一张燃烧的钞票照亮了他若有所思的脸。"所有这些恨与爱，"他说，"都是愚蠢的，是胡说八道。有的只是东西，黑子。"他环顾四周，房间里到处是陌生的暗影，那些半半拉拉的东西，破碎的东西，曾经为物的东西。"黑子，我跟你比赛跑步回家。"他说。

三

第二天早晨，正经的拆屋活动开始了。两个人没来——迈克和另一个男孩，他们的父母出发去了绍森德和布莱顿，尽管已经滴滴答答下起了暖烘烘的雨滴，入海口那边低沉的雷声像当年空袭时的第一轮炮声。"我们得赶快了。"T说。

夏不耐烦了。"我们做得还不够吗？"他问，"他们给我五便士去买自动贩卖机里的东西呢。搞得跟工作似的了。"

"我们才刚开了个头呢，"T说，"为什么这么说，所有的楼面和楼梯还在呐。我们一扇窗都没卸呐。你跟其他兄弟一样投过票的。我们要摧毁这座房子。我们完工之时，这里应该片甲不留。"

他们又从二楼开始，撬起紧靠外墙的楼面木料，露出搁栅。接着他们锯开搁栅，然后退入大厅，楼面倾侧下坍。他们边做边学，三楼楼面塌得更容易。到了傍晚，他们低头看房子里的那一片巨大的空洞时，被一阵奇怪的兴奋攫住了。他们冒失了，犯了错误：当他们想起窗户的时候为时已晚，够不着它们了。"老天爷啊。"乔说着向那瓦砾堆积的枯井里扔下一便士铜币。它在碎玻璃之间撞得啪啦地直转。

"我们这是干吗啊?"夏吃惊地问。T已经在底楼了,他刨开瓦砾,沿着外墙清出一块地儿。"打开水龙头,"他说,"现在天暗了,别人看不见了,到了早上,也就无所谓了。"水经过他们的脚边流过楼梯,落进没了楼板的房间。

就在这时,他们听见迈克在屋后吹口哨。"出事儿了。"黑子说。他们打开门锁的时候,听得见他急促的呼吸声。

"警察?"夏问道。

"小气鬼。"迈克说。"他来了。"他骄傲地说。

"怎么会呢?"T说。"他告诉我……"他从来都不是那种脾气暴戾的孩子,不过现在他暴跳如雷地抗议着,"这不公平。"

"他去了绍森德,"迈克说,"他就在回来的火车上。他说那里太冷太潮了。"他顿了一下,看着水。"哦哟哟,你们这里下大暴雨啦。屋顶漏了?"

"他还有多久到?"

"五分钟。我甩掉老妈,跑来的。"

"我们最好闪人,"夏说,"不管怎么说,我们干得算到位了。"

"哦,不,还不够。任何人都能做到这个程度——""这个程度"就是这砸烂了的、掏空了的、除了墙壁啥都没了的房子。但是墙可以被保留下来。外立面也有价值。他们可以重建内部,弄得比以前更漂亮。这里还能再成为一个家。他生气地说,"我们要干完。别动。让我想想。"

"没时间了。"一个男孩说。

"应该有办法的,"T说,"他们不能到这里就……"

"我们已经做了很多啦。"黑子说。

"不。不,我们没做很多。得找人去看着前面。"

"我们做不了其他了。"

"他可能从后面进来。"

"把后门也看好吧。"T开始恳求。"就给我一分钟,我会搞定的。我发誓我会搞定的。"只是,他的权威已经随他的暧昧含混而去。他只是帮中的一员罢了。"求求你们了。"他说。

"求求你们了。"夏学他的样子,接着猛的一下击中要害,喊出了他那个要命的真名。"跑回家去,特雷弗。"

T背对瓦砾站着,像被击中的拳击手摇摇欲坠地倚着围绳。他的梦想动摇、滑落,他无话可说了。就在这时,黑子在全帮哄笑之前行动起来,一把把夏推到了后面。"我去守前门,T。"他说,接着小心地打开大厅的百叶窗。湿漉漉的灰色公地向前延伸,灯光闪闪烁烁地映着水塘。"有人来了,T。不,不是他。你有什么打算,T?"

"叫迈克出去,到厕所旁边藏起来。听到我吹口哨,他就数数,数到十,就大喊。"

"喊什么?"

"哦,'救命'吧,随便什么。"

"听见了吗,迈克。"黑子说。他又是老大了。他飞快地透过百叶窗看了一眼。"他来了,T。"

"快,迈克。厕所。待在那里,黑子,所有人,等我喊。"

"你去哪里,T?"

"别担心。我来负责。我说过我会负责,对吧?"

小气鬼一瘸一拐地走过公地。他的鞋子上沾了烂泥,他停下来,在人行道的沿上把它们刮掉。他不想让自己的房子沾上泥巴,那房子突兀而忧愁地耸立在爆炸留下的废墟中,他觉得那是好不容易才从毁灭中存留下来的。就连气窗都没有被炸弹的气浪损坏。有人在不知什么地方吹了声口哨。一个孩子大叫起来:声音似乎发自他的花园。接着,一个男孩从停车场跑到路上。"托马斯先生,"他喊道,"托马斯先生。"

"怎么啦?"

"非常抱歉,托马斯先生。我们中的一个突然想大便,我们想您不会介意的,可现在,他出不来了。"

"什么意思,孩子?"

"他陷在您的厕所里了。"

"他不应该……我以前见过你吧?"

"您领我看过您的房子。"

"哦,是了,是了。那也不是给你权利……"

"快点呀,托马斯先生。他要闷死了。"

"胡说。他闷不死的。等我把包放进屋再说。"

"我帮您拿包。"

"哦不,不要。我自己拿。"

"这边走,托马斯先生。"

"走那边我进不了花园的。我得穿过房子。"

"您能从这边进花园的,托马斯先生。我们经常走的。"

"你们经常走?"他跟着男孩,被惊骇魇住了。"什么时候?有什么权利……"

"您看见了……?墙矮嘛。"

"我可不会爬墙进自己的花园。这很荒谬。"

"我们是这么做的。一脚踩这里,一脚踩那里,然后,过去了。"男孩的脸向下一瞥,一条胳膊突然伸出来,托马斯先生发觉自己的包被拿掉了,搁在了墙的另一边。

"把包还给我。"托马斯先生说。厕所里,一个男孩叫啊叫啊。"我要叫警察了。"

"您的包没事儿,托马斯先生。看。一脚踩那儿。就在您右边。现在上面。您左边。"托马斯先生翻过了自家花园的墙。"您的包,托马斯先生。"

"我要把墙造高点,"托马斯先生说,"我可不让你们这些孩子再从这里爬进来,用我的厕所。"他走得跌跌撞撞,男孩抓住他的胳膊,扶住了他。"谢谢,谢谢,孩子。"他不由自主地喃喃着。黑暗里,又有人大叫。"来啦,来啦。"托马斯先生喊道。他对身边的男孩子说,"我不是不讲道理。我自己也曾经是个孩子。只要凡事有个规矩。我不在乎你们在礼拜六早上到这周围玩耍。有时候,我也喜欢有伴儿。只要有个规矩。你们中的某一个提出请求,我说可以。有时候,我会说不行。就不是现在这个样子。你们从前门进,然后出来到后院。不要爬花园的墙。"

"一定把他救出来，托马斯先生。"

"他在我的厕所里不会受伤的。"托马斯先生说，慢慢地蹒跚着走进花园深处。"哦，我的风湿病啊，"他说，"总是在银行假日的时候犯。我得小心点儿。这儿有松动的石头。扶我一把。你知道昨天我的星座运势上怎么说吗？'上半周戒绝一切交易。有重大倾覆之险。'可能就要印证到这条路上呢，"托马斯先生说，"他们用了谜语和双关语。"他在厕所门口停下了脚步。"里面出什么事啦？"他喊道。没有回答。

"他大概昏过去了。"男孩说。

"不要昏在我的厕所里。你，出来吧。"托马斯先生说着用力把门一拉，门一下子开了，他险些脸朝天摔倒。一只手先是扶了他一下，接着又猛推他一把。他的头撞在对面的墙上，重重地坐了下去。他的包扔在了他的脚边。一只手嗖一下拔出锁上的钥匙，门砰的一下关上了。"让我出来。"他大喊，他听见钥匙在锁里转动的声音。"重大倾覆。"他想，觉得自己又慌又乱又老朽。

一个声音透过门上那个星形的洞温柔地对他说话。"别担心，托马斯先生，"那个声音说，"我们不会伤害你的，只要你安静地待着。"

托马斯先生双手捧着脑袋，沉思起来。他曾经看到停车场里只有一辆货车，他觉得司机不到明天早晨是不会来取车的。屋前马路上的人是听不见他喊的，屋后的小巷又基本没人来往。经过这里的人都是急匆匆往家赶，他们绝对会把喊声当作醉酒之后的乱嚷嚷，不会停下脚步的。如果他当真喊了"救命"，在这孤寂的银行假日之夜,谁又会有勇气来一探究竟?托马斯先生坐在马桶上,以岁月的智慧思考着。

过了一会儿,他似乎在沉寂中听到了声响——隐隐约约的,从他房子的方向传来。他站起来,从通风口向外望——透过一扇百叶窗的缝隙,他看到了一点儿光,不是电灯的光,而是蜡烛那种摇曳的光。接着,他觉得自己听到了敲打、刮削和凿切的声音。他想到了破门的夜盗——也许他们雇那孩子望风,可为什么夜盗会弄出这种越来越像偷偷做木工活儿的声音?托马斯先生试探性地喊了一声,没人应声。这点儿音量甚至都传不到敌人那里。

四

迈克已经回家睡觉了,不过其他人留了下来。领导的问题不再困扰整个帮派。他们拿着钉子、凿子、起子以及所有尖锐的东西沿着内墙来来回回,反复地抠弄砖块之间的灰浆。开始的时候,他们选的位置太高了,是黑子敲到了防潮层,这才意识到如果敲松土层的接缝会事半功倍。这是个漫长、累人又无趣的工作,不过最终活儿干完了。这座内里全部损毁的房子稳稳地立在防潮层和砖块间仅仅几英寸的灰浆上。

还有一桩最危险的任务,在屋外轰炸废墟的边上。夏被派去监视马路上的过路人,托马斯先生坐在马桶上,现在清清楚楚地听到了锯子的声音。它不是从房子里传来的,这让他安心了一点儿。他觉得不大在乎了。也许，其他的响动也没什么要紧。

一个声音通过那个洞向他说话："托马斯先生。"

"放我出去。"托马斯先生铁板着脸说。

"给您一条毯子。"那声音说。一根长长的灰色香肠穿过孔洞，一条条地落在托马斯先生的头上。

"这不是针对您个人的，"那个声音说。"我们想您今晚过得舒服一点儿。"

"今晚。"托马斯先生怀疑地重复道。

"接着，"那声音说，"牛肝蕈——我们涂上黄油了，还有香肠肉卷。我们不想您饿着，托马斯先生。"

托马斯先生不顾一切地哀求着。"玩笑归玩笑，孩子。放我出去，我一个字不会说的。我犯风湿病了。我得去舒舒服服睡一觉。"

"您舒服不了了，在您房子里，您舒服不了了。现在不行了。"

"你什么意思啊，孩子？"不过，脚步声远去了。只有黑夜的沉寂：锯子的声音没了。托马斯先生又试着喊了一声，不过这沉寂让他气馁了，作不得声了——很远的地方，一只猫头鹰叫了一声，它闷闷地飞起来，穿过这个无声的世界，朝更远的地方去了。

第二天七点，司机来取他的货车。他爬进驾驶座，忙着发动引擎。他模糊听见有个声音在喊叫，不过这不关他的事儿。最后，引擎发动起来了，他倒车，车碰到了支撑托马斯先生房子的那根巨大的木柱子。这样，他就可以径直开出去，不用调头就开上马路。货车向前移动，一时间受到了阻滞，仿佛有东西从后面拉住它了，接着是一长串隆隆的坍塌声。司机惊骇地看着砖头蹦到他的前面，而此时，石头一块块打在驾驶室的顶上。他刹住车子。当他爬出车来的时候，地形已经在突然之间整个儿变了。停车场边没有了房子，只有一座瓦砾堆的小山。他转了一圈，查看货车后部的损坏情况，发现那里系着一根绳子，绳子的另一头还缠在木头桩子上呢。

司机又发觉有人在大喊。声音来自一间木头建筑物，那是在这片破砖烂瓦的废墟中最像房子的东西了。司机爬过坍掉的墙，打开锁住的门。托马斯先生从厕所里出来。他披着一条灰色的毯子，上面粘着糕点的屑儿。他痛哭流涕。"我的房子，"他说，"我的房子哪里去啦？"

"搜我身啊。"司机说。他看见破了的浴缸和残了的衣橱，眼睛一亮，大笑起来。一样东西都没留下。

"你竟敢笑，"托马斯先生说，"它是我的房子，我的房子啊。"

"对不起。"司机鼓起非常大的勇气说道，不过他想起货车那突然一下的阻滞，砖石的纷纷下落，就又忍不住前仰后合了。片刻之前，那房子像个戴高顶黑色大礼帽的男人一样庄严地矗立在轰炸废墟当中，然后，砰，哗啦啦，什么都不剩了——一件不留。他说："对不起。我忍不住，托马斯先生。这不是针对你个人的，不过你得承认，这很滑稽。"

一九五四年

特殊职责

费拉罗与史密斯公司的威廉·费拉罗住在蒙塔古广场的一栋大房子里。房子的一翼住着他的夫人,这位夫人自认为体弱多病,恪守着"人应当把每一天都当作生命中的最后一天来过"[①]的训诫。因为这个原因,她那一翼在过去十年中始终容留着一位耶稣会还是多明我会的神父。这位神父呢,喜欢喝点儿好的红酒和威士忌,他的卧室里还按了个应急铃儿。费拉罗先生则以更加独立的方式关注着自己的救赎。他牢牢地把持具体事务,正是这种紧抓不放使得他的祖父,一个和马志尼[②]一同流亡的人,在异国他乡创立了费拉罗与史密斯的宏大事业。上帝按照自己的形象创造了人,所以费拉罗先生赞美上帝也并非不理智,把上帝当作某项最最重要的业务的主管,当然,这项业务的运作还是依托于费拉罗与史密斯的。链条的牢固程度取决于它最弱的一环,费拉罗先生没有忘记他的责任。

费拉罗先生九点半离家去办公室,之前,出于礼节,他会给住

[①] 语出宣扬禁欲主义和宿命论的罗马皇帝马可·奥勒留。
[②] 朱塞佩·马志尼(1805—1872),意大利复兴运动民主共和派领袖和政治思想家。1837年流亡伦敦。

在另一翼的夫人打电话。"你好，我是迪尤斯神父。"一个声音说。

"我夫人如何？"

"她一夜尚好。"

这段对话很少出现变化。曾经有一段时间，迪尤斯神父的前任试图把费拉罗先生和夫人的关系拉近一点儿，不过他发觉自己的目标实在无望实现，再加上有那么几次，费拉罗先生跟他们一起在另一翼吃饭的时候，上了支次等的红酒，餐前也没有威士忌可饮，他就此断了这个念头。

费拉罗先生在卧室里吃早饭，打电话，然后像上帝步入伊甸园似的在书房和画室走一圈，书房里正经的典籍摆得一排排的，画室的墙上挂着私人手中最昂贵的艺术藏品。但凡单幅的德加、雷诺阿、塞尚就会被人视若珍宝，费拉罗先生则是批量买入——他有六幅雷诺阿，四幅德加，五幅塞尚。他从不会嫌它们在眼前累赘，它们代表着节省一大笔遗产税呐。

这个礼拜一的早晨恰好是五月一日。春天的感觉准时来到了伦敦，麻雀在地上叽叽喳喳。费拉罗先生也准时，不过他不像季节，他如同格林威治时间一样可靠。机要秘书霍普金森先生陪着他过一遍当日的日程安排。事情不是很多，因为费拉罗先生有那种委托别人办事情的稀罕本事儿。他游刃有余，因为他习惯来点突击检查，令他失望的雇员一定会黯然神伤。就连他的医生也得忍受同行医师的突击复核。"我想，"他对霍普金森说，"今天下午去克里斯蒂那里，瞅瞅马弗里克办得怎么样了。"（马弗里克受雇为他的代理，帮他买画。）在五月天明媚的午后，还有什么事情比视察马弗里克的工作更适宜做的呢?他又说:"把桑德斯小姐叫来。"他抽出一份就连霍普金森都不许碰的私人文件。

桑德斯小姐瑟瑟缩缩地进来。她给人感觉走起路来紧贴着地面。她约摸三十岁,发色浅淡,眼睛是一种惊人的清澈的蓝色,这让她那张没什么特点的脸与圣像有了一分相似。在公司的簿册里,她是"助理机要秘书",她的职责是"特殊"的。甚至她的资历也很特别:她曾经在沃金的圣自由女隐修会学校里做过班长,在校期间连续三年获得虔敬特别奖章——小小的圣母玛利亚三联幅图画,蓝色丝绸的底儿,佛罗伦萨产皮革做的面子,彭斯·奥茨与瓦什伯恩出版社印制。她还有一长串参加不付报酬的宗教仪式的记录,她在其中饰演玛利亚的孩子。

"桑德斯小姐,"费拉罗说,"我在这里没找到有关六月将获得的大赦①的报告。"

"我这里有,先生。我昨晚回家晚了,圣埃塞尔德拉达教堂的全大赦包含了十字架苦路②。"

她把一张打好的单子放在费拉罗先生的桌上:第一栏是日期,第二栏是要去获得大赦的教堂或朝圣地,第三栏里则用红墨水写着

---

① 天主教中的大赦,也称赎罪券,指赦免罪人以蒙宽恕罪过的"暂罚"。教会身为救赎的分施者,将基督和圣人们(多余的)善行、功德宝藏分施给信友,也可用以帮助亡者灵魂,使他们免除炼狱局部或全部的处罚。大赦分全大赦和有限大赦。获得大赦的条件为:在圣宠(即灵魂上无大罪)情况下的教友,按规定做某些祈祷或行某种善工,并有得此全大赦之意愿。
② 十字架苦路(Stations of the Cross)也称苦路十四处,有十四个一系列通常伴有图像或雕像的十字架,按顺序摆在教学墙壁处,纪念耶稣受难旅途的十四个阶段。

从现世报的炼狱中挽救出来的天数。费拉罗先生仔细地看着。

"我得到个印象,桑德斯小姐,"他说,"你在较低的等级段上花的时间太多了。这里六十天,那里五十天的。你不觉得自己没在这些上面浪费时间啊。一趟三百天的大赦会抵掉很多这类的小东西。我刚才还注意到,你对五月的预估要低于你四月的数字,而你对六月的预估基本上要降到三月的水平去了。五次全大赦,一千五百六十五天——四月的工作非常好。我不希望你松懈。"

"四月对大赦来说是个旺季。有复活节。五月份,我们只能仰仗此时是圣母月。六月不是很有成果,除了在耶稣圣体节的时候。您会注意到剑桥郡有个小小的波兰教堂……"

"桑德斯小姐,你要记住,我们都不是越活越年轻的。我对你寄予了极大的信任,桑德斯小姐。要是我这里有点儿空呢,我会亲自参加一些这样的大赦的。我希望,你能仔细地关注条件。"

"我自然会的,费拉罗先生。"

"你一直仔细地保持圣宠状态吗?"

桑德斯小姐垂下眼睛。"我这种情况,并不是很难,费拉罗先生。"

"你今天是什么安排?"

"您那表上有呢,费拉罗先生。"

"当然。圣普拉克斯蒂德教堂,坎侬伍德。要跑很远的路啊。为了区区六十天的大赦,你得花上整整一下午啊?"

"我能给今天找到的只有这一桩了。大教堂里当然一直有全大赦的。不过我知道您不愿在同一个月出现重复。"

"我就在这一点上迷信,"费拉罗先生说,"当然,按照教义,这是没有根据的。"

"您不愿意偶尔与您的某位家人出现重复吗,费拉罗先生,你的夫人……?"

"桑德斯小姐,我们受到教导要首先关注我们自己的灵魂。我夫人应该照管着她自己的大赦呢——她有个出色的耶稣会顾问——我聘你,是来照管我的大赦。"

"您对坎侬伍德没有反对意见吧?"

"只要你已经尽力而为就行。只要不需要你加班就行。"

"哦,不会,费拉罗先生。只一端玫瑰经①罢了。"

吃过早中饭——伦敦城一家餐馆的简餐,斯提耳顿干酪,外加一杯上等的波尔多葡萄酒——费拉罗先生去了克里斯蒂那里。马弗里克令人满意地守在那里,费拉罗先生毋需坐等他的代理人建议他购买的勃纳尔和莫奈了。天还是暖暖的,阳光灿烂,不过特拉法加广场方向却传来吵吵嚷嚷的声音,提醒费拉罗先生今天是劳动节。不戴领结的男人举着令人生厌的标语,上面的拼写一塌糊涂,在这些人的队列里,艳阳与公园树下早早绽放的花儿显得不很相宜。费拉罗突然有了欲望,想过一个真正的假日,他几乎就要叫司机开去里士满公园了。不过,他总是喜欢尽可能地把工作与休闲结合起

---

① 古代修士每日有念诵五十首圣咏的习惯。中世纪圣母敬礼流行,修士用以献给圣母,有如一串玫瑰花,故称玫瑰经。一端玫瑰经,指一串玫瑰经的五分之一,包括一遍天主经、十遍圣母经、一遍圣三光荣经。

来，他突然想到，如果现在开车出城去坎侬伍德，桑德斯小姐在午休用餐之后，应该也在差不多的时候到达，开始下午的工作。

坎侬伍德是那种建在某个老庄园周边的郊区新镇。这处庄园如今是个公园，房子成了当地博物馆，以前很有名，主人是美国闹独立那会儿诺斯勋爵①下面的一位副大臣。山顶风呼呼地吹，曾经有百来英亩的地方造了一条小街：一家彻林顿煤炭经销处，橱窗上的图案是摆在金属篮子里的一大块金子，一家零售连锁店，一家电影院，一座挺大的圣公会教堂。费拉罗先生叫司机去问，罗马天主教堂怎么走。

"这儿没有。"警察说。

"圣普拉克斯蒂德教堂？"

"没这么个地方。"警察说。

费拉罗先生，就像某位圣经人物一样，感觉肠子坠落下来。②

"圣普拉克斯蒂德教堂，坎侬伍德。"

"不存在，先生。"警察说。费拉罗先生的车缓缓地返回伦敦城。这是他第一次检查桑德斯小姐的工作——三枚虔敬奖章取得了他的信任。现在，在回家的路上，他想起来教育希特勒的是耶稣会会士，不过他还是拼命地往好处想。

在办公室里，他打开抽屉的锁，取出那份特殊文件。他也许错

---

① 弗雷德里克·诺斯（1732—1792），英王乔治三世时期首相，因其对北美殖民地实行高压政策导致北美独立战争的爆发。
② "耶和华使约兰的肠子患不能医治的病。他患此病缠绵日久，过了两年，肠子坠落下来，病重而死。"（圣经·历代志下 21:18）。

把坎侬伯利当成坎侬伍德了吗？但他没有弄错，他突然生出了一个可怕的疑惑，过去三年里，桑德斯小姐背叛其信任多少次啊。（三年前，在罹患严重的肺炎之后，他招纳了她——康复期里，在那长长久久的失眠当中，他有了这个想法。）这些大赦中，真正获得的一件没有，这可能吗？他可不相信。这三万六千八百九十二的庞大总数中肯定有一些还是有效的。不过只有桑德斯小姐才能告诉他是多少。那她上班做些什么呢——那些绵长的朝圣光阴？她曾经在沃尔辛汉姆村待了一整个周末。

他打铃叫来霍普金森先生，霍普金森先生一见老板的脸色不禁发问："费拉罗先生，您感觉还好吧？"

"我可受了大刺激。你能告诉我桑德斯小姐住在哪儿吗？"

"她和身体不好的母亲住在一起，在韦斯特伯恩大街附近。"

"请给我确切地址。"

费拉罗先生车行进入贝斯沃特区那片令人生厌的凄凉之中：堂皇的公馆被改造成了私人旅社或者幸运地被炸成了停车场。后面的排屋里，态度暧昧的女孩子倚着栏杆，一个街头乐队在街角吹着难听的调子。费拉罗先生找到了房子，但是他没法让自己去按门铃。他在自己的戴姆勒汽车里蜷伏着，等着事情的发生。是不是他盯得太牢了，惹得桑德斯小姐来到了楼上的一扇窗前，或许又仅是偶然或果报？她把窗户开得更大了一点，费拉罗先生一开始还以为是缓和的天气是她衣着如此轻薄。但接着，一条胳膊挽住了她的腰，一个年轻男子的脸俯视大街，一只手熟稔地拉上了窗帘。费拉罗这下子清楚了，就连大赦的条件也没有完全达到。

如果有个朋友看见费拉罗先生当晚步上蒙塔古广场台阶，他一定会感叹他衰老之迅速。就仿佛在这漫长的下午，他一下子把三年来自以为从炼狱中免除的三万六千八百九十二天现世报统统承受了。窗帘拉上了，灯亮着，毫无疑问，另一翼的迪尤斯神父正在倒他的第一杯睡前威士忌。费拉罗先生没有按铃，只是静静地进了门。厚厚的地毯像流沙吞没了他的脚步声。他没有开灯：每个房间只点着一盏红罩子罩住的小灯以备他所需，那灯光指引着他的脚步。画室里的画儿让他想起遗产税：德加画的大屁股像浴盆上面一朵原子弹爆炸的蘑菇云。费拉罗先生走进书房：皮面的经典书让他想起死了的作家。他在椅子里坐下，胸中的一丝隐痛让他想起他患的重症肺炎。比起初聘桑德斯小姐之时，他又离死亡近了三年。许久之后，费拉罗先生像某些人祈祷的时候那样十指交握。在费拉罗先生身上，这个动作意味着他决定了。最糟糕的已经过去：时间又在他前方延展。他想："明天，我要张罗找一个真正靠得住的秘书。"

一九五四年

情色电影

"别人玩得真高兴啊。"卡特太太说。

"这个,"她的丈夫回答,"我们看了……"

"卧佛,翡翠佛,水上集市,"卡特太太说,"我们吃了饭,然后回屋睡觉。"

"我们昨天晚上去了夏娃之家……"

"如果你没跟我在一起的话,"卡特太太说,"你就找得到……你懂我什么意思,有滋有味儿的好玩地方了。"

没错,卡特一边看着扑在咖啡杯上一杯接一杯灌咖啡的太太,一边想:她的手镯终于叮当一声撞到咖啡匙上了。到她这个年纪,倘若是个心满意足的女人,那是最美丽的时候,可她却生出了不餍足的纹路。他一见她的脖子,就想到解开扎紧火鸡的绳子是件多么麻烦的事情。是我的错吗,他忖思,或者是她的——或者是她天生的毛病,某种腺体功能缺陷,某种遗传的性情?人年轻的时候,常常错把种种冷淡的表现当成某种特别的东西,憾事一桩啊。

"你答应过,我们要抽鸦片的。"卡特太太说。

"不是在这儿,亲爱的。要到西贡呢。在这个地方抽,'不得体'的。"

"你怎么这样拘泥俗套啊。"

"这里,只有苦力聚居的地方那些最肮脏的角落才有得抽呐。你就鹤立鸡群了。他们会盯着你看。"他祭出他的必胜牌,"那儿有蟑螂。"

"如果我没丈夫在身边,我肯定会被带去许许多多好玩地方。"

他满怀希望地试图逗她,"日本脱衣舞娘……"但她早听说过。"戴胸罩的丑女人。"她说。他要发作了。他想到了他花掉的钱,就为了带上太太,良心好过一些——他太频繁地不带她独自远行,可带着个不想与之相伴的女人,还不如形单影只更快活些。他克制着,平静地喝下他的咖啡:他想咬杯子的边儿。

"你把咖啡洒了。"卡特太太说。

"不好意思。"他猛地站立来,说道,"好吧。我去搞点儿节目。待在这里。"他隔着桌子,倾身过来。"你最好别吓到,"他说,"可是你自己要求的。"

"我认为自己不是通常被吓到的那一个。"卡特太太说,带着一缕浅笑。

卡特离开旅馆,朝北向新马路走去。一个男孩在他边上缠着他,说:"年轻姑娘?"

"我有个自己的女人了。"他郁郁地说。

"男孩子?"

"不,谢了。"

"法国电影?"

卡特停下来。"多少钱?"

他们在这条无聊大街的街角站定,讨价还价了一番。出租车,导游,电影,要花上将近八镑,不过值了,卡特想,如果从此以后让她闭嘴,不再要求"好玩地方"的话。他回去接卡特太太。

他们坐车走了很远,在运河上的一座桥边停下来,一条昏暗的巷子,笼罩着说不清楚的气味儿。导游说,"跟我来。"

卡特太太把手搭在卡特的胳膊上。"安全吗?"她问。

"我怎么知道?"他回答,在她的手一搭之下,浑身僵直了起来。

他们在没灯的暗地里走了大约五十码地儿,停在了一圈竹篱边。导游敲了几次门。他们获准进门,里面是一个泥土地面的小小庭院和一座木屋。一顶蚊帐下面,什么东西——想来是人吧——弓成了一坨。主人引他们走进一间不通气的小房间,里面两把椅子,挂着国王的画像。屏幕大概对开纸大小。

第一部片子很没看头,演的是一个老男人在两位金发女按摩师的手下老夫聊发少年狂。从女人的发型样式上看,这部电影应该拍于一九二〇年代晚期。卡特和太太双双尴尬地坐着,那片子放啊放啊,咔哒一声结束了。

"不算很好的片子。"卡特说,仿佛他是行家似的。

"这就他们说的情色电影吧,"卡特太太说,"难看,没兴奋点。"

第二部片子开始了。

这部片子里基本没有故事。一个年轻人——看不见他的脸,因为他戴着当年的那种软帽——在街上挑了个姑娘（她的那顶钟形女帽让她看起来像个装肉菜的带盖盘子），伴着她去了她的屋子。演员都很年轻：画面里有着某种迷人与兴奋的东西。姑娘摘了帽子，卡特想，我认得那张脸，一段被埋藏了四分之一个世纪的记忆萌动了。电话上面的一个娃娃，双人床上面挂的那个时代的美女照。姑娘脱去了衣裳，整整齐齐地叠起来。她前倾着身体整理床铺，把自己暴露在摄像机的镜头和那个年轻男子的目光下：他在镜头前还是别过脑袋。后来，她接着帮他脱掉了衣裳。只到了这个时候，他想起来了——男子肩上的一块胎记坐实了这场特别的嬉戏。

卡特太太在椅子上动了动身体。"我想知道他们怎么找到的演员。"她声音粗哑地说。

"一个妓女，"他说，"太粗糙了，是吧？你不打算走吗？"他催促她，等着男子转过他的脑袋。姑娘跪在床上，搂住年轻人的腰——她应该不满二十岁。不，他算了一下，二十一岁吧。

"我们不走，"卡特太太说，"我们付钱了。"她把干燥滚烫的手搁在他的膝盖上。

"我确定我们能找到比这里更棒的地方。"

"不去。"

年轻人仰面躺着，姑娘暂时离开了他。似乎纯属偶然，他看了一下镜头。卡特太太的手在他的膝盖上颤抖。"天啊，"她说，"是你。"

"是我，"卡特说，"三十年前。"姑娘爬回床上来了。

"恶心死人了。"卡特太太回答。

"我不记得这事儿恶心呢。"卡特回答。

"我猜你俩都看过,还挺得意洋洋吧。"

"没,我从没看过这段。"

"你为什么要拍这个?我看都不要看你一眼。丢脸呢。"

"我叫你走人的。"

"他们付你钱了?"

"他们付她钱了。五十英镑。她非常需要那个钱。"

"你就白玩一场咯?"

"没错。"

"我以前要是知道,一定不会你结婚。一定不会。"

"那是很久之后的事情了。"

"你还没说为什么呢。你就没个借口?"她停了下来。他知道她正前倾着身子看片子,超过四分之一个世纪之久的那段高潮散发出的热度把她迷住了。

卡特说:"我要帮她,只有这一条路。她之前从没演过这种片子。她想要个朋友。"

"朋友。"卡特太太说。

"我爱她。"

"人是不会爱妓女的。"

"哦不,人会爱上妓女。千真万确的。"

"为了上她,你排队了吧,我猜。"

"你讲的太难听了。"卡特说。

"她后来怎么样啦?"

"她不见了。她们总是不见了。"

姑娘倚在年轻人的身体上,把灯关掉。这就是电影的结尾。"我下礼拜进新片子。"暹罗人深深鞠了一躬,说道。他们跟着导游沿着黑暗的巷子往回走,上了出租车。

在出租车里,卡特太太说,"她叫什么名字?"

"我不记得了。"撒个谎是最简单的办法。

他们一个转弯驶上新马路,她又打破了她痛苦的静默。"你怎么能让自己……?这么丢脸的事情。想想,认识你的人——生意上的——把你认出来了呢。"

"看那类东西的事情,人们是不谈的。再说,那时候,我也不做生意。"

"它就没让你担过心思?"

"我认为自己三十年来都没想过它一回。"

"你认识她多久?"

"大概十二个月吧。"

"她要是还活着,现在肯定难看得不得了。就是那个时候,她也挺普通的。"

"我觉得她挺可爱。"卡特说。

他们默默地走上楼梯。他径直去了盥洗间,锁上了门。蚊子聚在灯和那一大罐水的周围。脱衣服的时候,他瞥见了小镜子里的自己:三十年的光阴可不温柔。他感觉到了自己的发福与人到中年。他想:上帝啊,我希望她死了。求求您,上帝,他说,让她死了吧。我一回进去,又要遭羞辱了。

可是,他回去的时候,卡特太太正站在镜子旁边。她脱掉了半数的衣裳。她光溜溜的大腿细细的,让他想到正待捕鱼的鹭鸟。她走过来,手臂环住了他:一只手镯在他的肩头轻轻摇晃。她说,"我已经忘掉你以前有多帅了。"

"对不起啊。人会变嘛。"

"我不是这个意思。我喜欢你现在的样子。"

她的欲望干燥滚烫而汹涌。"别停,"她说,"别停。"然后她像一只愤怒的、受了伤的小鸟尖叫着。后来,她说:"好多年没有这样了啊。"她在他的身旁,兴奋地说啊说啊,说了几乎大半个钟头。卡特静静地躺在黑暗里,有一点儿孤独和内疚。对他而言,在那一夜,他背叛了他唯一爱恋的女人。

一九五四年

剖白之暗示

十二月末的傍晚乘火车长途旅行，在新近的这一派太平无事的环境下，是一件枯燥无味的事情。我揣度我和我的旅伴可算运气不错，有自己的一个隔间，尽管供暖设备不工作，尽管在通过奔宁山脉中一个接一个的隧道时电灯总会彻底暗掉，灯光太暗，要看书就得折腾自己的眼睛，而且不挂餐车，也没个换换环境的去处。我的旅伴和我碰上的时候，两人正不约而同地努力大嚼在同一家车站快餐店买的同一种干巴巴的餐包。那之前，我俩各自坐在车厢的两头，都把下巴缩进外套，都弓着身子奋力看我俩均看不大清楚的文字。但是，当我把吃剩的糕饼扔到座位下面去的时候，我们的目光遇上了，他放下了他的书。

去贝德维尔站的路途过掉半程，我们找到了一大堆的话题。从餐包和天气开始，我们一路讲到了政治、政府、外交、原子弹，然后循着绕不开的路子，谈到了上帝。不过，我们既没有越讲越激动，也没有越说越刻薄。我的旅伴挪到了我的对面，稍稍前倾着身子，我俩几乎促膝而坐了，他让人感觉静谧安详，不管我们的观点有何分歧，也不管这分歧如何深刻，你就是跟他争不起来。

我很快就发觉自己在跟一名罗马天主教徒说话——他信仰——他们怎么说来着？——无所不知无所不能的天主，而我呢，大概称得上是个不可知论者吧。我有一种直觉（我自己又是不信这个的，觉得它极可能是建立在童年经历和需求上的吧），神是存在的，我们的人生路上有种种非比寻常的巧合，它们像丛林里为豹子设下的陷阱，拦住了我们去路，于是偶尔，我也会惊诧喟叹，几乎就此产生了信仰，然而，神就可以将他的创造物弃于"自由意志"的滔天罪恶之下吗，我在理智上厌弃这样的神。我发觉自己正在向旅伴表述这个观点，他静静地听着，一副尊重我的样子。他没有试图打断我——他没有表现出一丝的不耐烦，也没有我意料中天主教徒那种自觉智商高人一等的傲慢；他的脸一直隐在隔间里那个灯泡照不到的暗影里，一个小站掠过，光线扫过他的脸，我猛地瞥见——什么？我住了嘴，这一幕太震撼了。这会儿，我被带回了十年之前，回到了那场毫无价值的巨大冲突的另一边，回到了诺曼底一个名叫日索尔的小镇。我又走在了古老的战场上，俯视着望过那灰色的屋面，然后我的眼不知为何聚焦到其中某个房屋石砌的后墙上，在那里，一个中年男人的脸贴在窗户上（我想那张脸现在是不复存在了，就如同整个小镇连同它的中世纪回忆一起也许也已化作瓦砾一样）。我记得诧异地对自己说，"那个男人是快乐的——彻底快乐的。"我看着隔间里坐在对过的旅伴，但他的脸已经又回到了阴影里。我虚弱地说："想想主——如果真有主的话——容许了些啥啊。不仅仅是身体上的痛楚，想想堕落，就连孩子也……"

"我们的视界有限。"他说。我失望于他这落俗的回应。他一定感觉到我的失望了（仿佛我们的思想也偎依得很近，就像我们的身体靠近了取暖一样），继续说道，"这里自然没有答案。我们捕捉暗示……"这时，火车呼啸着钻进了另一个隧道，灯又全部灭了。这还是最长的一条隧道。我们摇摇晃晃地通过，寒冷伴着黑暗，似乎变得更加凛冽了，像冻人的雾（当一种感官——视觉——被剥夺的时候，另一种感觉变得愈发敏锐）。当我们进入夜晚那单纯的灰暗，灯泡再次亮起的时候，我看得出我的旅伴靠在了他的椅背上。

我重复他的最后两个字权当问题："暗示？"

"哦，直接写成文字——或者直接说出来呢，就没啥意思了，"他说着，在外套里打了个激灵，"而且除了捕捉到它们的人之外，对其他人一点意义都没有。暗示不是科学证据——或者说连迹象也算不上。事情的发展不会遵循行动者的意志，我是说，或者不会遵循行动者背后的那个东西的意志。"

"那个东西？"

"撒旦这个词太人格化了。"现在轮到我前倾身子凑上去了：我想听听他要怎么说。我是——上帝知道，我真的是——挺愿意接受有理有据的观点的。"人的语言太粗陋，有时候我还挺同情那个东西的。它一而再、再而三地找到可以用来对付其敌人的合适武器，然后那武器又在它自己的胸膛里碎裂。有时候，它在我眼里是那么——软弱无力。你刚才说到了有关孩子的堕落。我要给你说点事儿，我想到可以与之一谈此事的，除了某个人，你是第一位，也许因为你是个路人甲吧。故事不是很长，而且还算切题。"

我说："洗耳恭听。"

"你别期待有多大的意义。不过对我,里面似乎有点儿暗示。就是这样。暗示。"

他慢慢地说,脸转向玻璃窗,除了偶尔掠过的一盏信号灯,一晕窗灯,被我们的飞速前进向后撕扯的一个乡间小站,外面飞驰而过的世界什么都看不清,他在字斟句酌。他说:"在我小的时候,大人教我当弥撒的助祭。是个小教堂,因为我住的地方天主教徒很少。那是东英吉利地区的一个集镇,周围是平坦的白垩土田野,还有沟渠——很多很多沟渠。我以为当地所有天主教徒加起来连五十个都不到,而且由于某种原因,当地一贯存在着对我们的敌视态度。也许,这可以追溯到十六世纪,曾经烧死过一个新教徒——在每周三摆肉摊儿的地方附近有块石头标记着那个殉教地。我对这种仇恨不过一知半解,虽然我知道自己在学校里的绰号'怪人马丁'跟我的宗教信仰有点儿关系,而且也听说我的父亲刚到镇上的时候要加入健身俱乐部,都几乎被拒掉了。

"每个礼拜天,我都得一本正经地穿上白法衣,去当弥撒助祭。我挺恨的——我一直挺恨要这样或那样穿戴整齐(一想起来就觉得滑稽),而且我一直不停地担心,怕自己失去了在弥撒中担当的位置,怕自己做了什么而沦为笑柄。我们礼拜仪式的时间安排跟圣公会不在一个钟点,我们这支一点谈不上精挑细选的队伍拖着步子走出那间沉闷的小教堂的时候,全镇的人似乎都在去往那座体面礼拜堂的路上——我一直把它认作体面礼拜堂。我们不得不经过他们那一排排的眼睛,漠然的,轻蔑的,讥笑的;你想象不出小镇上视宗教为何等严肃的大事——即使只考虑社交因素。

"有个人很特别，他是镇上的两位糕点师之一，我们家不光顾的那个。我以为所有天主教徒都不照顾他的生意，因为他被称作是个思想自由的人——一个古怪的名头，因为，可怜的人，大家的思想比起他的都不少自由啊。他被封杀是因为他的仇恨——他仇恨我们。他看起来非常丑恶，一只眼睛外斜，头形像萝卜，头顶秃了头发，而且还没结婚。明摆着，除了做糕点和仇恨，他没什么爱好，不过我现在年长了些，开始看到他性格的其他方面——也许，确实含有某种隐秘鬼祟的爱。有时候，你在乡间散步，突然就会撞见他，尤其是你独自一人，又逢上星期天。他仿佛从沟里冒出来，身上沾着的白垩土让人想起他工作服上的面粉。他手上会拿一根拐杖，狠狠地戳低矮的树篱，如果他的情绪非常恶劣，那他会在你身后大声喊出些类似外语的突兀而奇怪的词句——当然，我现在是知道那些话的意思了。有一回，一个男孩说了他看到的情况，警察就去了他家，只是一无所获，唯有那恨，更深地锁住了他。他的名字叫布莱克尔，他让我害怕。

"我认为他特别恨我的父亲——我不知道为什么。我父亲是米德兰银行的经理，可能布莱克尔与这家银行有过让他不满的往来——我父亲是个非常谨慎的人，一辈子都战战兢兢地对待金钱——他自己的和其他人的。如果现在我要描绘布莱克尔，我会想象他走在一条愈来愈窄的小路上，两边是没有窗户的高墙，小路的尽头站着一个十岁的小男孩——我。我不知道这是一幅象征性的图景，抑或是对我们某次邂逅的记忆——我俩的偶遇变得越来越频繁。刚才你说到了孩子的堕落。那个可怜人正准备向他憎恶的每一样事物复仇呢——我的父亲，天主教徒，人们执意相信的上帝——他的手段就是腐蚀我，让我堕落。他制定了一个精巧的可怕计划。

"我记得他第一次对我说好话的情形。我急匆匆走过他的店铺，突然听见他大声地招呼，带着一种诡异的低声下气的腔调，仿佛他是个低人一头的仆人似的。'戴维少爷，'他喊道，'戴维少爷，'我赶紧往前跑。可是，我下一次经过那条路的时候，他就在店门口（他准是看见我过来了），手里拿着一个我们称之为切尔西螺形果子面包的点心。我不想要那点心，可他硬塞给我，于是当他请我到店后面的客厅去瞧瞧某样非常特别的东西的时候，我出于礼貌，也就只好从命了。

"那是一套电动轨道小火车——那时候很难得一见的东西，他执意要给我演示一下它的玩法。他让我拨开关，让小火车开开停停，又说随便哪个早晨我都可以到这里来玩游戏。他用了'游戏'这个词，仿佛这是件机密似的，而且我真的从没跟家里人说起这个邀请，那个假期，某个星期两次吧，要操控那小火车的欲望强烈得遏制不住，我在街上左顾右盼，瞅准了没人盯着自己，一头扎进那店里。"

我们这辆更大、更脏的成人火车驶入隧道，灯灭了。我们坐在黑暗里，沉默不语，任由火车的噪声像蜡一样封住我们的耳朵。过了隧道，我们并没立刻说话，我得挑他把话说下去。

"一种精心策划的引诱吧。"我说。

"别把他的计划想得那么简单，"我的旅伴说，"或者说那么粗陋。在他的伪装下,可是恨远多于爱的,可怜的人呐。你会憎恨你不信仰的东西吗?而他称自己是个思想不受羁绊的人。不受羁绊却又如此沉溺,这是对多么难解的矛盾。一天又一天,整个假期里,他所受的苦恼一定与日俱增,可他控制住了自己;他等待着时机。也许我说的那个事物给了他力量与智慧。离假期结束只有一个星期了,他对我说出了自己深切关注的那样东西。

"我正跪在地板上把两个车厢挂在一起,听见他来到了我的身后。他说,'戴维少爷,开学之后,你就不能来玩了。'这句话并不需要我做出什么回应,但下面一句就不一样了,'你可以自己拥有它,你可以。'他那么巧妙,那么不彰不显地播下了渴望,某种可能性的观念……现在我每天都去他的客厅了;你瞧,我得在那可恶的学期又开始之前把每一个机会都用上,而且我想自己也开始习惯布莱克尔了,习惯那只外斜视的眼睛,那只萝卜样的脑袋,那种让人恶心的低声下气。你知道,教皇将自己形容为'上帝万仆之仆',布莱克尔呢——有时候,我思忖布莱克尔是谁的'万仆之仆'呢?呃,别管那么多了。

"就在第二天,他站在门道里看我玩的时候,开始跟我谈宗教的事情。带着我都能瞧出来的虚情假意,他说自己如何如何仰慕天主教;他希望自己有那样的信仰,可一个糕点师怎么才能信仰呢?他强调了'糕点师'这个词,就像人们说到生物学家的时候那样,那列小火车还在沿着O型的轨道疾驰。他说:'我能烤出你们吃的那些东西,就跟任何一个天主教徒一样好。'然后消失在他的店里。他到底什么意思,我一点儿也摸不着头脑。过了一会儿,他又出现了,手里拿着一块小圆饼。'给,'他说,'吃了,告诉我……'我把它放进嘴里,我可以断定它跟我们在圣餐时用的圣饼是一个方法做出来的——他只在形状上有点儿小差错,就这样罢了,我觉得罪恶,没来由地吓坏了。'告诉我,'他说,'差别在哪儿?'"

"'差别?'我问道。

"'难道不是跟你们在教堂里吃的一模一样吗?'

"我自鸣得意地说,'它没经过祝圣变体。'

"他说,'如果我把它们俩放在显微镜下,你觉得自己能瞧出差别?'可就算只有十岁,我也知道如何回答这个问题。'不,'我说,'偶——偶有属性是不会变的,'我在'偶有属性'①这个词上打了个嗝愣,它让我蓦地想到了死亡和创伤。

"布莱克尔突然执着起来,说道:'我是多想把你们那东西放一块进自己的嘴巴啊——只为了看看……'

"你可能觉得奇怪,不过这是祝圣变体的概念第一次真正在我的脑子里落地生根。我学起来是有口无心那种,从小就被灌输了这个概念。弥撒对我来说,就像《高卢战记》②里的那些句子一样没有生命,领受圣餐呢,就像在学校操场上出操一样例行公事,可在这儿,突然之间,我的面前出现了这么一个严肃看待圣餐的

---

① 偶有属性的英语为 accident,该词也有"意外,不测,事故"的义项。
② 《高卢战记》(*Commentarii de Bello*),为恺撒所著,共七卷,记述他在高卢作战的经过,从公元前58年至公元前52年,每年的事迹写成一卷。恺撒死后,他的幕僚奥卢斯·伊尔久斯续写了第八卷,以补公元前51至公元前52年的空缺。

人，严肃得像个神父，但是人们自然地不会觉得神父的严肃有多重要，——那是他的工作。我着实吓坏了。

"他说：'都是胡说八道，不过我只想把它放进嘴里尝一尝。'

"'如果你是个天主教徒，就可以了嘛，'我天真地说。他用那只好眼瞪着我，像煞了独眼巨人库克罗普斯。他说：'你是弥撒助祭，对吧？弄一块那东西，对你来说很容易的。我跟你说我要怎么办吧——我会拿这一整套电动小火车换你们的一块圣饼——经过祝圣变体的，记住。要祝圣变体的。'

"'我可以从盒子里拿一块给你，'我说。我想我还在幻想他的趣味仅仅是糕点师的趣味——看看它们是怎么个做法罢了。

"'哦，不，'他说，'我想要知道你们的主吃起来什么味道。'

"'这我不能做。'

"'不为这一整套电动小火车，只为你自己？你在家不会有麻烦的。我会把它包起来，里面放个牌子让你爸爸看见——"送给我的银行经理的儿子——一名满心感激的客户"。它会让他像滑稽木偶一样乐呵呵的。'

"我们现在是大人了，看它不过是个微不足道的小诱惑，对不？不过想想自己小时候。脚边的地板上摆着一整圈儿的铁轨，直的，弯的，还有一个附带行李员和旅客的小车站，一条隧道，一座人行桥，一个平交道口，两盏信号灯，缓冲器，当然——尤其还有个转车台。我看着转车台，渴望的眼泪漫进了眼眶。那是我最爱的部件——看起来丑得很，实用，真实。我无力地说，'我不知道该怎么办啊。'

"他已经实地考察过了,可仔细呢。他一定好几次溜进去,在教堂后面偷看弥撒。你懂的,在那样的小镇,在圣餐仪式露面一点儿好处都没有。那儿的每一个人都知道他是谁。他对我说:'领受圣餐的时候,你只要把它放在舌头下面一会儿就行了。他先给你和另一个男孩子发,有一次我见你领了之后就直接跑到帘子后面去了。因为你忘记拿小瓶子。'

"'那叫圣器。'我说。

"'放胡椒粉和盐的调味瓶嘛。'他快活地朝着我咧开嘴巴笑起来,我呢——唉,我看着那条小铁路,学期开始后我就再不能来这儿玩的小铁路。我说:'你只是要把它吞下去,是不是?'

"'哦,是的呀,'他说,'我只是要把它吞下去。'

"那天,不知怎么,我不想再玩小火车了。我站起来,朝大门走去,可他拽住我的领子,不让我走。他说,'这是你和我之间的秘密。明天是礼拜天。你下午到这儿来。把它放进信封,投进来。礼拜一早,小火车就会送过去。'

"'不要明天吧。'我哀求他。

"'我对其他礼拜天没兴趣,'他说,'这是你唯一的机会。'他轻轻地前后摇我。'这是你我之间永远的秘密,'他说,'为什么呢,如果有人知道的话,他们就会拿走小火车,然后来对付我。那我就要给你放血。你知道礼拜天散步的时候我总是阴魂不散的。你躲不了我这样的人。我会出其不意跳出来。就算你待在自己家里,也不会太平。我知道很多方法,可以乘人睡着入室进屋。'他拖着我来到店里,打开一个抽屉。抽屉里是一把模样怪异的钥匙和一柄杀

045

人行凶的剃刀。他说：'这是一把万能钥匙，开得了所有的锁，那么——那是我给人放血用的。'他用胖乎乎的、粉白粉白的手指拍了拍我的脸颊，说道，'忘了它吧。你我是朋友。'

"那个礼拜天的弥撒一直待在我的脑子里，每一个细节，仿佛它不过一个星期之前发生的那样。从忏悔到祝圣，它有着非常的重要性。另外仅有一场弥撒对我来说是如此地重要——也许连一场也没有，因为它是一次独一无二的弥撒，再也不会重演。直到最后的圣餐，我和另一名助祭一起跪在圣餐台前，神父才弯下腰，把圣饼放进我的嘴里。

"我认为从我看见布莱克尔在教堂后面看的那一刻起，我就已经拿定主意要做这件可怕的事情了——因为，你知道，对我们来说，它肯定永远是件可怕的事情。他穿上了自己最好的礼拜服，不过好像他永远都免不掉带上老本行特有的污斑似的，脸颊上有一块干掉的滑石粉，想来是他用完那把杀人剃刀后涂用的吧。他从头到尾都紧紧地盯着我，我想是害怕吧——害怕那没说清楚的放血——还有贪求，驱动我按指示行动了。

"另一名助祭轻快地站起来，端着圣餐盘子领着凯里神父走向圣餐台前的围栏，其他教友在那里跪着。我把圣体放在舌头下面：感觉像是长了个水疱。我站起来，走向帘子去拿圣器，那是我故意留在圣器室里的。我到了那里，飞快地扫了一眼，想找个藏东西的地方，于是看见一份旧的《宇宙报》躺在一张椅子上。我从嘴里拿出圣体，塞进两页中间——一小块湿答答的糊糊。于是我想：也许凯里神父是专门把报纸摆在这里的，我还没来得及拿走圣体，他就会发现它了，我幻想自己会遭到的惩罚。直到这时，我才开始意识到自己的行为犯下了何等的滔天大罪。谋杀尚算小事一桩，因其还有恰如其分的惩罚，但这个行为呢，想一想所有的果报，头脑都犹疑不定，都觉得不适用啊。我想把圣体取出来，可它黏糊糊地粘在两页纸之间，我豁出去了，扯下一片纸，把整个东西团起来，塞进了裤子口袋。我拿着圣器从帘子后面走出来，目光与布莱克尔相遇。他冲我咧嘴一笑，是鼓励，也是悲哀——是的，我肯定，是悲哀。是不是可能，那个可怜人一直在追寻某种不受腐蚀，不会堕落的东西呢？

"那天的其他一些事情，我都不太记得了。我认为自己的思想受到了震动，转不过来了，而且礼拜天家里忙得很，我也围着团团转。在外省的小镇，礼拜天是走亲访友的日子。全家人都在家里，不熟悉的堂表亲还有叔叔舅舅什么的随时都会从别人车子挤得满满当当的后座上跳下来，登门拜访。我记得就有那么一群亲戚到我家来了，暂时把布莱克尔从我的头脑里赶了出去。有个露西姨妈，笑起来又大声又有回响，就像游乐场里的镜子大厅里传出来的事先录好的笑声似的，让整栋房子充满了空洞机械的欢乐声，就算我想一个人出门，也没有机会。六点钟到了，露西姨妈和表兄妹们走了，一切归于平静，太晚了，不能去布莱克尔家了，八点就是我上床睡觉的时间。

"我觉得我已经差不多忘记自己口袋里有啥东西了。我掏空口袋，一小团报纸立刻把我带回弥撒，神父向我弯下腰，布莱克尔冲着我咧开嘴笑。我把这团纸摆在床边的椅子上，努力想睡着，可心里惶惶然，窗帘鼓起来在墙上投下的影子，家具的吱吱嘎嘎，烟囱里的窸窸窣窣，还有那边椅子上的上帝。对我来说，圣体一直就是——呃，圣体。就像我曾说过的那样，那是我在理论上知道自己必须信仰的东西，可突然，当某人在屋外的马路上朝我鬼鬼祟祟地吹起了彼此心照不宣的口哨时，我明白自己床边的东西是个无价之物——一件人要付出自己灵魂的安宁与之交换的东西，一件人爱之深恨之切的东西，就像人们怜惜流浪汉或遭受欺凌的孩子那样。这些都是成人的话语，那边则是个十岁的孩子，听着马路上传来口哨声，躺在被窝里，吓坏了，那是布莱克尔在吹口哨呢，不过我以为他相当明确地感知了我现在正在描述的东西。这就是我为什么说那个东西，不管它是啥吧，抓住每一件可能的武器对付主，可无论在何处，总是在即将成功的那一刻大失所望。它一定跟布莱克尔一样，对我很有把握。它一定也对布莱克尔很有把握。不过如果知道那个可怜人后来的状况，我猜想他会不会再次发现武器已经转而刺向了它自己的胸膛。

"最后，我再也受不了口哨声，就下床来了。我掀开一点儿窗帘，就在我的窗子下面，月光照亮了他的脸，是布莱克尔。如果我把手伸下去，他把手指头够上来就差不多能碰到我了。他抬头看着我，那只好眼里闪着光，充满渴望——我意识到近在咫尺的成功一定使他的向往发展到了近乎疯狂的地步。不顾一切的情绪驱赶着他到我家来。他抬头低声对我说：'戴维，它在哪儿？'

"我把脑袋朝身后的房间扭了一下。'把它给我，'他说，'快啊。早上你就能得到火车了。'

"我摇了摇头。他说：'我可带着放血的刀子和钥匙呢。你最好把它扔下来。'

"'走开。'我说，不过我害怕得几乎说不出话了。

"'我先给你放血，然后，我还是一样拿到它。'

"'哦不，你拿不到的。'我说。我走到椅子那里，把它——他——拿起来。只有在一个地方，他才安全。我没法把圣体与纸头分开，于是整个儿吞了下去。报纸像一颗李子干，哽在我的喉咙里，但我用壶里的水把它过下去了。然后，我回到窗边，向下看着布莱克尔。他开始用甜言蜜语哄我。'戴维，你要它做什么呢？别闹了。它只是一小块面包。'他看起来那么渴望得到它，仰首对着我那样地恳求，就算是个孩子，我也怀疑他那么渴望得到它，又怎么会真心那么想呢。

"'我吞了。'我说。

"'吞了？'

"'是的，'我说，'走开。'接下来的事情，在现在的我眼里，比他要腐化堕落的渴望或者我不经大脑的行为更加可怕：他哭起来了——眼泪一边倒地从那只好眼里涌出来，他的肩膀抽动着。我只见到他的脸一下子，他就垂着头，大步离去，秃了顶的萝卜脑袋在黑暗中一颤一颤的。现在想起来，差不多就相当于我看到了那东西为自己不可避免的失败哭泣似的。它曾企图将我用作武器，现在我让这件武器在它的手里碎裂，它从布莱克尔的一只眼睛里流出的绝望的眼泪。"

贝德维尔站黑色的高炉在轨道边成群出现。尖轨扳动，我们被从一组轨道抛到了另一组。火花四溅，一盏信号灯变成红色，高高的烟囱向灰色的夜空喷着烟气，还有固定发动机的蒸汽——半程寒冷的旅途结束，现在是长长的等待，等那辆横穿全境的慢车。我说，"有趣的故事。我觉得我会把布莱克尔想要的东西给他。我想知道他拿它做什么。"

"我真的以为，"我的旅伴说，"他首先会把它放到显微镜的下面——在我料想他已经计划好要做的所有其他事情之前。"

"那么暗示呢？"我说，"我不大明白你的主旨哎。"

"哦，好吧，"他含糊地说，"你知道，对我来说，它是个怪异的开端，这件事情，只要你一想起来。"不过，如果不是他站起来从行李架上取包的时候外套敞开了，露出神父的衣领，我应该永远都不会明白他的意思。

我说："我想你认为自己欠布莱克尔很多吧。"

"是的，"他说，"你瞧，我是个非常幸福的人。"

一九四八年

尔虞我诈

一

晚上,药剂师关门打烊,穿过大堂后面与楼上公寓共用的门,上了两段台阶和半截楼梯,手里端着一份小盒子装的药丸。盒子上敲着他的名字和地址:普利斯盖特,牛津市新端大街14号。他是个中年人,留着薄薄的八字须,有一双惊恐万状、令人捉摸不透的眼睛;他穿着白色的长褂,就算下班了也穿着,仿佛那衣服像皇家军服一样有保护他免受敌人侵犯的法力似的。只要穿着它,他就不受审不受罚。

最上面的楼梯平台有一扇窗,外面铺陈开的是春天傍晚的牛津城:数不清的自行车乖戾的噪音,煤气厂,监狱,还有糕饼店后面像纸头装饰似的灰色尖塔。一扇门上贴着名片:尼古拉·芬尼克先生,文学士。药剂师短短地按了三次门铃。

开门的男人至少六十岁了,雪白的头发,婴儿般粉红的皮肤。他穿一件桑葚红的天鹅绒小礼服,眼镜晃晃悠悠地挂在一根黑色宽丝带上。他欢快地说:"啊,普利斯盖特,进来,普利斯盖特。我刚闭门谢客了一会儿……"

"我又给你拿来点儿药丸。"

"无价之宝,普利斯盖特。倘若你有个学位——药师协会就行了——我就任命你当圣安布鲁斯学院的驻院卫生干事。"

"学院怎么样啦?"

"到师生休息室来陪我坐会儿,你得知道前前后后的事儿。"

芬尼克先生带路走过黑暗的小过道,过道里乱哄哄挂着许多雨衣;普利斯盖特先生在雨衣之间艰难地摸索着向前走,踢到了前面一双姑娘的鞋子。"总有一天,"芬尼克先生说,"我们要建造……"他举着眼镜,做了一个自信之至的姿势,仿佛要将这间师生休息室的四壁向后推去;这间师生休息室里,一张小圆桌上铺着房东太太提供的桌布,三四把日久发亮的椅子,一只有玻璃门的书橱里摆着一册《每个人都是自己的律师》。"我的外甥女伊丽莎白,"芬尼克先生说,"我的医疗顾问。"一位有着可爱小窄脸的非常年轻的姑娘从打字机后面敷衍着点了点头。"我正在训练伊丽莎白,"芬尼克先生说,"让她担当财务主管。又管财务又当学院院长太累人,弄得我胃痛。这药丸……谢谢你啊。"

普利斯盖特先生谦虚地说:"那么,您是怎么看学院这事儿呢,芬尼克小姐?"

"我姓克罗斯,"姑娘说,"我觉得是个好主意。舅舅想到这个点子,我挺吃惊的。"

"从某种意义上讲,它——部分——是我的主意。"

"那我就更要吃惊了。"姑娘沉着地说。

普利斯盖特先生合着两手放在白大褂的前面,仿佛在法庭上做申诉似的,继续说道:"您瞧,我对您的舅舅说,所有这些大学都被军方接管了,老师们也没事儿做了,那他们应该搞点儿函授。"

"来杯查账日啤酒①吧,普利斯盖特?"芬尼克先生建议。他从橱柜里拿出一瓶棕啤,倒了两杯啤酒泡出来。

"当然咯,"普利斯盖特先生辩解道,"我没想到这个——师生休息室,我是说,圣安布鲁斯学院。"

"我的外甥女,"芬尼克先生说,"对组织体制知之甚少。"他焦躁不安地在房间里走来走去,东摸摸西摸摸的。他像极了上了年纪的猛禽,检查着巢穴里狰狞的结构。

姑娘轻快地说:"照我看,舅舅开了间叫作牛津圣安布鲁斯学院的骗子学校。"

"不是骗子学校,亲爱的。广告是字斟句酌着写的。"说到广告,他可是烂熟于心的:每个短语都在桌上摊着的那本《每个人都是自己的律师》里仔细地查过。现在,他用因瓶装棕啤变得深厚沙哑的嗓音字正腔圆地复述起来。"战事使你无法求学牛津。圣安布鲁斯学院——汤姆·布朗的母校——打破传统,实现重大突破。战争期间,只要你能通过邮寄方式收到授课资料,无论你在哪里报效帝国,冰岛寒冷的岩石间,利比亚炽热的沙漠里,美国小镇的大街上,抑或德文郡的村舍中……"

"您写得太花哨了,"姑娘说,"您总是这样。这样的文字听起

---

① 原为英国大学酿造,供查账日饮用的啤酒。

来并不文雅。傻瓜才会中这个套儿呢。"

"傻瓜很多的。"芬尼克先生说。

"您接着说。"

"呃,我跳过这段吧。'无需常规三年学制,三期学满即颁发学位证书。'"他解释道,"这样周转就快了。这年月,人等钱可等不及。'在汤姆·布朗的母校接受真正的牛津教育。学费、食宿杂费等事项,请致信学院财务主管详询。'"

"您的意思是说,牛津大学管不了这事儿?"

"任何人,"芬尼克先生得意地说,"可以任何地方开办学校。我从没说过它属于牛津大学。"

"那食宿杂费呢——食宿杂费可包括伙食和住宿的。"

"这个问题嘛,"芬尼克先生说,"它基本就是个名义上的费用——把你的名字永久性地登记进公司的账本儿上去——我是说,学院的名册上去。"

"那授课……"

"普利斯盖特在这儿就是科学课程导师了。我管历史和文学。我想你嘛,亲爱的,可以搞定——经济学吧?"

"我可一点儿不懂经济学。"

"考试嘛,当然,得相当简单才行——要在导师的能力范围之内。(这里有非常好的公共图书馆。)还有一件事——如果不予颁发学位证书,费用是可以退还的。"

"您的意思是……"

"没有人会挂掉。"普利斯盖特先生屏息说道,一副兴奋得战战兢兢的样子。

"那您真见成效了没有啊?"

"亲爱的,我一直等到切实看到我们任一年起码有六百英镑收益的可能性之后才给你发电报。而今天——完全出乎我的意料——我收到一封德莱弗爵爷写来的信。他要送儿子上圣安布鲁斯。"

"可他怎么能上这么来。"

"亲爱的,他在服役,来不了。德莱弗家族是军人世家。我在德布雷特贵族年鉴上查过他们了。"

"您觉得怎么样?"普利斯盖特先生大喜,急切地问。

"我以为他们家有钱。你组织过划船比赛吗?"

"在这一点上,普利斯盖特,"芬尼克先生举起他那杯查账日啤酒,自豪地说,"我告诉过你,她是个老道的姑娘。"

二

一听到房东太太走在楼梯上的脚步声,这个将灰白头发剃了个干净利落的老头便开始围着那株叶兰的根部摆他那些湿漉漉的茶叶。她开门的时候,他正用手指温柔地将茶叶轻轻拍进去。"一株可爱的植物,亲爱的。"

她可不会立刻就被软化:这他能看出来。她朝他挥着一封信。"听着,"她说,"德莱弗爵爷是怎么回事?"

"我的名字嘛，亲爱的：一个不错的教名，就跟劳德·乔治·桑格①的名字一样。"

"那他们为什么不在信封上写劳德·德莱弗先生收？"

"无知，就是无知嘛。"

"我不希望我的房子里出什么坑蒙拐骗的事情。这里一直干干净净。"

"也许他们不知道我是位贵族还是区区一个平头百姓，所以就干脆不写'先生'二字了。"

"信从牛津圣安布鲁斯学院寄来的：那种人应该知道的。"

"亲爱的，它这个地址好啊，W1号。绅士们都住在马厩改建成的小街小巷里呢。"他不咸不淡地要把那信一把抓过去，可房东太太拿着它，不给他。

"你这样的人写信到牛津的学院去干啥？"

"亲爱的，"他强自挽着尊严说，"也许我有点儿不走运：我甚至还在牢里待了几年，但我有一个自由人的权利。"

"还有个蹲大狱的儿子。"

"不是监狱，亲爱的。教养院是完全不同的机构。它是——一种学校。"

"像圣安布鲁斯一样。"

---

① 劳德·乔治·桑格（Lord George Sanger，1825—1911），英国历史上著名的演出经理人和马戏团老板。凑巧的是，Lord 这个名字与英国对有世袭爵位贵族的尊称是一样的，于是就产生了 Lord Driver 和德莱弗爵爷的混淆。

"也许档次不一样。"

她可不是他的对手：通常到最后，她都不是他的对手。第一次进斯克拉布监狱之前，他做过许多工作，比如男仆，甚至还当过管家；他抬眉毛的方式是从查尔斯·曼维尔爵爷那里学来的，他穿起衣服来像个性格怪僻的贵族，你还可以约摸看出来他甚至从特别喜好银匙的贝伦爵爷那里习得了最妥帖易行的小偷小摸法。

"那么，亲爱的，能把信给我了吗？"他试探着伸出手去。她拿他没辙儿，他也同样惧她：他们不停不歇地斗，你输给我，我输给你；战争没完没了，总没有赢家——他们一直快快的。这一回，他胜了。她摔门而去。门关上的时候，他突然恶狠狠地朝那株叶兰啐了一口。然后，他戴上眼镜，开始看信。

他的儿子被牛津的圣安布鲁斯学院录取了。这个大好消息在学院院长四仰八叉的花哨签名之上瞪眼看着他。姓名的巧合让他谢天谢地。"我很荣幸，"院长写道，"将亲自督导您公子在圣安布鲁斯之学业。当今之世，迎接您这样伟大军人家族之成员于本校，实在与有荣焉。"德莱弗有一种奇怪的感觉，愉悦中夹杂着真诚的骄傲。他愚弄了他们，但一想到自己有个儿子上牛津，他的胸膛不禁在紧身背心里膨胀起来。

不过还有两个问题——他盘算已经取得的进展时遇到的小问题。显然，牛津有预交学费的老规矩，再就是考试。他的儿子自己没法考：教养院不会允许，他要再过六个月才能出来。而且，整个计划美好就美好在牛津的学位是给他的一份礼物，一份欢迎他回家的礼物。棋手总是预先想好后招的，他已经在考虑如何解决这些难题了。

按他的情况，他确信费用问题是只需虚张声势就可搞定的：贵族总是能记账后付的，学位拿到之后如果搞不定了，他就叫他们去起诉，去见鬼。牛津的学院可不会承认自己被一个坐过牢的人涮了。可考试怎么办？他的嘴角浮起一丝会心的古怪微笑：他想起了五年前在斯格拉布，西蒙·米兰教士大人，那个他们称为丹尼的男人。他是个短期犯——斯克拉布牢里都是短期犯，刑期超过三年的都不会关在那地方。他记得那个瘦高个儿的贵族教士，一头铁灰色的头发，泛滥的爱使那张律师模样的窄脸从内里变出了些许的柔和。监狱，想想看，容纳的知识和大学一样多。这里有医生，金融家，教牧人员。他知道去哪里找米兰先生：他受雇于尤斯顿广场附近一间提供膳食的家庭旅馆，只需几杯小酒，他就几乎什么都肯干——他一定可以答出几份优秀的考卷。"我现在都能听见他的说话声了，"德莱弗心醉神迷地对自己说，"对着狱卒大讲拉丁语呢。"

三

牛津正值秋天：人们一边咳嗽一边排起长队买糖果和蛋糕，河里升起的雾气绕过警觉地守望着的看门人，钻进电影院，寻找没戴防毒面具的人们。一些本科生在倾巢而出的人群中穿行，他们似乎总是匆匆忙忙：要做的事情那么多，军队征召他们入伍却是没几天的事儿了。坑蒙拐骗的机会大把，伊丽莎白·克罗斯想，姑娘找丈夫的机会却没了：牛津最古老的喧闹被香烟、太妃糖、西红柿等等的黑市买卖给挤出局了。

春天的时候，她尚把圣安布鲁斯当作一个玩笑，可当她看到钱真的进来了，整件事情似乎就不那么发噱了。有那么几个星期，她非常不开心——然后，她发现，在战争时期的这许多骗人行当中，这是最无害的。他们没像粮食部那样削减供给，也没像情报部那样毁人信心：她的舅舅缴纳所得税，他们甚至都算得上是教书育人。那些笨蛋，在他们拿到学位文凭的时候，还会懂得几件之前不知道的事情。

可是，这对姑娘找丈夫，没有用处。

日场电影散了，她闷闷不乐地出来，抱了一捆要改的卷子。只有一个"学生"表现出了点儿智商，那是德莱弗爵爷的儿子。卷子是从"英格兰的某地"经伦敦由他的父亲转递过来的；她好几次都觉得自己险些儿在那些历史问题中绕不出来了，她也知道她的舅舅正拼了命地对付自己荒疏的拉丁文呢。

回到家，她觉察气氛有点异样：普利斯盖特先生穿着他的白外套，侧坐在椅子边儿上，她的舅舅正在喝掉一瓶走了气的啤酒。但凡出了岔子，他就绝不再开瓶新的：他相信开怀才能畅饮。他们沉默地看着她。普利斯盖特先生的沉默是忧伤沮丧，她舅舅的沉默则是心事重重。一定出什么事情了——不会是大学方面：他们很久之前就不再来烦他了——律师信，怒气冲天的面谈，还有他们"垄断本地教育"的企图——依芬尼克先生的说法——都过去了。

"晚上好。"伊丽莎白说。普利斯盖特先生看了芬尼克先生一眼,芬尼克先生皱起了眉头。

"普利斯盖特先生的药片用完了?"

普利斯盖特先生的脸抽了一下。

"我一直在考虑,"伊丽莎白说,"眼下已经是本学年的第三个学期,我该要加薪了。"

普利斯盖特先生倒吸一口气,盯着芬尼克先生看。

"我想要一周多加三英镑。"

芬尼克先生从桌前站起身,他恶狠狠地瞪着杯中暗沉的啤酒的上缘,眉头皱得更紧了。药剂师嘎啦一声把椅子向后挪了挪。芬尼克先生说话了。

"人生如梦[①]。"他说,轻轻打了个嗝儿。

"抒情了。"伊丽莎白说。

"环绕于酣睡中。而冠云之塔……"

"您背错啦。"

"消失于空气,于稀薄的空气。"

"您一直在改英语卷子吧。"

"如果你不让我思考,不让我快速而深入地思考,那就再也不会有什么考试卷子了。"芬尼克先生说。

"有麻烦?"

[①] 此句及以下两行诗句是芬尼克先生在引用莎士比亚《暴风雨》中的名句。

"我内心里始终是个共和政体的拥护者。我不明白我们为什么会弄来个世袭贵族。"

"把他吊到路灯杆上。[①]"伊丽莎白说。

"德莱弗爵爷这个人：为什么出身这么个区区偶然的事情能……？"

"他拒绝付钱？"

"不是。这种人想要记账：没错，他应该可以记账。可他写信说，他明天要跑来看一下儿子的学校。那个满脑子肥油、感情用事的老笨蛋。"芬尼克先生说。

"我知道您迟早要有麻烦的。"

"女孩子就会说这种没心没肺的混账话。"

"只要用点儿脑子嘛。"

芬尼克先生拿起一个黄铜烟灰缸——又小心地将它放下。

"想—想，事情很简单。"

"想？"

普利斯盖特先生刮蹭到一条椅子腿。

"我叫辆出租车去车站接他，带他到——贝利奥尔学院[②]吧。领着他径直进入内院，您等在那儿，仿佛从院长住所里走出来似的。"

"他会知道那是贝利奥尔学院。"

[①] A la lanterne，此为法国大革命时期群众要求把贵族吊在路灯杆上处死的呼喊声。
[②] 牛津大学最著名、最古老的学院之一。

"他不会知道。任何了解牛津大学的人都不会蠢到送儿子上圣安布鲁斯的。"

"没错儿。这些军人世家都是大老粗。"

"您要赶时间。校务评议会之类的。赶着他在大厅、小教堂、图书馆兜一圈,然后在教师住所外把他交回到我手上。我带他出去吃午饭,送他上火车。很简单。"

芬尼克先生沉思着说:"有时候,我觉得你是个可怕的姑娘,可怕。还有啥事情是你想不出来的吗?"

"我坚信,"她说,"如果你要在这样的世界里玩你自己的游戏,那你就得好好玩。当然,"她说,"如果你要玩另一个游戏,那你就去修道院,要么就认输,诸如此类。不过,我已经有一个要玩的游戏了。"

四

事情真的进展非常顺利。德莱弗在车站检票处找到伊丽莎白:她没有找到他,因为他与她所预想的不同。他身上的某种东西让她担心起来,不是他的衣着,也不是那副他似乎从来不用的单片眼镜——是某种更微妙的东西。他仿佛有点儿怕她,他差不多就是准备好栽进她的圈套似的。"我一点儿不想劳师动众,亲爱的。我知道院长一定很忙。"她解释他俩会一起在城里用午餐的时候,他甚至看起来如释重负。"只是要看看这古老之地的一砖一瓦,"他说,

"我这么个多愁善感的人,您一定别见怪啊,亲爱的。"

"您曾就读牛津?"

"不,不。我想,德莱弗家族向来疏忽智力开发。"

"呃,我觉得军人也需要头脑,不是吗?"

他犀利地看了她一眼,换了一种与之前大不相同的声音回答道,"以前在轻骑兵队伍里,我们就这么认为。"然后,他转着那副单片眼镜,随她走向出租车,从车站出来这一路,他一直无话,时不时侧着眼睛静静地瞥她两眼,估量她,流露出赞许的神情。

"这就是圣安布鲁斯吧。"他站在门房前洪亮地说,她赶紧催他走,穿过前院,往院长住所去,芬尼克先生就站在那里的台阶上,臂上搭着件学士袍,像花园里的雕塑,一动不动地摆着姿势。"我的舅舅,学院院长。"伊丽莎白说。

"您的外甥女是个迷人的姑娘。"伊丽莎白刚转身离开,德莱弗就说。他确实只想找点话说,但话一出口,两个歪脑筋就开始步调一致地开转了。

"她非常爱家,"芬尼克先生说,"我们这儿出名的榆树林。"他朝天上挥了下手,接着说:"圣安布鲁斯的白嘴鸦。"

"骗子[①]?"

"白嘴鸦。在榆树林里。当今最伟大的一位诗人曾咏诵过它们。'圣安布鲁斯榆树林,噢,圣安布鲁斯榆树林',还有'圣安布鲁斯的白嘴鸦在风雨中呼号'。"

---

① 此处作者故意用 rooks 和 crooks 的谐音。

"标致。非常标致。"

"优美,我想是。"

"我是说您的外甥女。"

"啊,是的。这边到大厅。上台阶。你看,汤姆·布朗经常踏阶而上的地方。"

"汤姆·布朗是谁?"

"伟大的汤姆·布朗——一位出身拉格比公学的出名学子。"他若有所思地补充道,"她会是个好妻子——好母亲。"

"年轻人正开始发现轻浮的姑娘不是他们一辈子想要的女人。"

他们在最上面的一级台阶停下来,达成了共识:他们鼻子对着鼻子,像两条又老又瞎的鲨鱼,各自都以为身边搅动水流之物即是美味的大肉。

"娶了她的,"芬尼克先生说,"会感到骄傲。她会成为一位优雅的女主人……"

"我和我的儿子,"德莱弗说,"曾经严肃地谈过婚姻问题。他有老派的观念。他会是个好丈夫……"

他们走进大厅,芬尼克先生领着看了一圈画像。"我们的创始人。"他指着一个假发垂肩的大人物说。他特意挑了这一幅:他觉得它有点儿他本人的影子。在斯文伯恩的画像前,他犹豫了一下:然后对圣安布鲁斯的自豪感战胜了谨慎。"大诗人斯文伯恩[①],"他

[①] 斯文伯恩(Swinburne,1837—1909),英国诗人,文学评论家,主张无神论。

说,"我们把他送走了。"

"开除了?"

"是的。品行不端。"

"我很高兴你们对操行的事情很严格。"

"啊,令公子在圣安布鲁斯的教师是可靠的。"

"这让我非常欣慰。"德莱弗说。他仔细研究起一位十九世纪圣贤的画像来。"画工很好,"他说。"现如今,宗教——我信仰宗教的。家庭的基石啊。"他信心十足地说。"您看,我们两家的孩子应该见个面吧。"

芬尼克乐得脸上发光。"我赞成。"

"如果他通过了……"

"哦,他肯定会通过。"芬尼克先生说。

"再过一两个礼拜,他就休假了。为什么不让他自己来拿这个学位呢?"

"呃,这有点儿困难。"

"难道这不是规矩吗?"

"函授学生不行。副校长想弄点儿小小的区分……但德莱弗爵爷,对于一位这样优秀的毕业生,我想我可以代表学校在伦敦为您公子授学位。"

"我想让他看看他的学院。"

"他可以在更欢乐的日子里来。眼下,学院的很多部门都关了。我想让他在学院重拾荣光之日来完成他的首次学院之旅。还是让我和我的外甥女来拜访您吧。"

065

"我们的生活过得很低调。"

"经济上没什么困难吧?"

"哦,没有,没有。"

"我很高兴。那我们去跟那可爱的姑娘会合吧。"

五

在火车站碰面似乎总是更便利些。在旅途中喝了好多查账日啤酒提神的芬尼克先生没有发现这个巧合,伊丽莎白却注意到了这一点。近来学院事务并不尽如人意,部分原因在于芬尼克先生怠懒了:从他最近的言谈中可以感觉出,他似乎开始把学院事务仅仅视为一步台阶,以达成另一桩事情——一桩她探不明白的事情。他总是说起德莱弗爵爷和他的儿子,还有贵族的责任,等等。他对共和政体的拥护也烟消云散。"那个可爱的男孩子。"这是他称呼弗里德里克的方式,他给他的古典学课程打了一百分。"通常拉丁语和希腊语同军事天赋是合不到一块去的,"他说,"一个出色的男孩子。"

"他在经济学上可没这么出挑。"伊丽莎白说。

"我们不能要求一个士兵学太多的书本知识。"

在帕丁顿,劳德·德莱弗挤在人群中急切切地朝他们挥手;他穿了件非常新的套装——为了赌这一趟不知花掉了多少配给券,想想就让人心里发毛。紧挨在他身后的,是一个非常年轻的男子,有一张郁郁寡合的嘴,面颊上有一道疤痕。芬尼克先生赶忙向前走去，他肩上披了件斗篷似的黑色雨衣，手里拿着帽子，露出一头的白发，在行李搬运工当中显得德高望重起来。

"我的儿子——弗里德里克。"劳德·德莱弗说。男孩子郁郁寡合地摘掉帽子，又很快地戴上：他们在军队里都剃很短的头发。

"圣安布鲁斯欢迎她的新晋毕业生。"芬尼克先生说。

弗里德里克嘟哝着应了一声。

授学位的仪式是在皇家山酒店的一间客房里办的。劳德·德莱弗解释说他家的房子被炸了——定时炸弹，他又说明了一下，这个补充很必要，因为最近已经没有空袭了。劳德·德莱弗满意，芬尼克先生就满意。他在行李箱里带了一件文科学士袍，一顶学士帽和一本圣经，他在书桌、沙发和暖气片之间搞了个颇为不凡的小仪式，念了段拉丁文，又拿圣经轻叩了弗里德里克的头顶。学位文凭由一家高教会派的公司印制，奢侈的双色印刷。伊丽莎白是那里唯一感觉不自在的人。她想知道，世界上当真有两个这么容易受骗的人吗？又或者，这世上的笨蛋有四个呢？她越发痛苦了。

就着瓶装棕啤吃过一丁点儿午餐之后——"不错，我要说，跟我们的查账日啤酒一样不错。"芬尼克先生满脸堆笑——院长和劳德·德莱弗煞费苦心地撮合起了两个年轻人。"我们有点儿正经事要谈。"芬尼克先生说。劳德·德莱弗接着暗示道，"弗里德里克，你也有一年没看电影了吧。"他们俩便被赶到了轰炸之后满目疮痍的牛津街上，老头子们则兴高采烈地收摊子，喝威士忌去了。

"我们怎么办？"伊丽莎白说。

他长得很帅。她喜欢他的伤疤，他的郁郁寡欢。他的眼中几乎有着太多的灵气和果敢。他摘掉帽子，抓了抓脑袋；她又注意到了他的短发。他看上去绝不像个军人。他的套装，跟他父亲身上的一样，看起来簇新，是店里买的成衣。难道他休假的时候，没有其他衣服可穿吗？

"我想，"她说，"他们在计划婚礼呢。"

他的眼睛亮了，很开心的样子。"我可不在乎。"他说。

"你得从你的指挥官那里请假出来，是不？"

"指挥官？"他诧异地问道，有点儿畏缩，像一个被逮住小男孩，事先没有准备好回答这个问题似的。她仔细地端详他，从头开始回想让她觉得古怪的林林总总。

"你已经有一年没看电影了。"她说。

"我在服役。"

"连场恩莎①表演也没看过？"

"哦，那些不算的。"

"那一定像极了坐牢吧。"

他淡淡地笑了一下，走得更快了，这样她就可以一直追着他穿过海德公园的大门。

"清楚了，"她说，"你父亲不是德莱弗爵爷。"

"哦，没错，他是劳德·德莱弗。"

"就像我舅舅不是某学院的院长一样。"

---

① 恩莎（Ensa），即 Entertainments National Service Association，"二战"时专门为英国军队提供娱乐表演服务的组织，1939 年成立。

"什么?"他大笑起来——那是一种惬意的笑,你不会相信那笑是真诚的,但那种笑让你也以大笑来回应它,让你赞同在这样一个疯狂的世界,所有的事情都不值得在乎。"我刚从教养院出来,"他说,"你呢?"

"哦,我还没进过监狱呢。"

他说,"你永远都不会相信我,不过那个仪式——在我眼里,它可真是假。当然,我爹是信的。"

"我舅舅信了你们……我倒是不怎么信。"

"嗯,婚礼告吹。在一定程度上,我对不起你。"

"我还是自由的嘛。"

"那么,"他说,"我们可以谈一谈。"在海德公园惨淡的秋阳下,他们着实谈了一谈——从各种角度出发。他们的周围有各式各样更大的骗子:提着小小的公事包走过的政府部门官员;突突地开着汽车经过的各种各样的管理者;还有昂首阔步从多尔切斯特饭店沿着公园巷一路走来的领章猩红的军装男人,一脸的茫然呆滞像极了空白的广告牌。按照世界的标准,他们的骗人把戏又小又无害:从教养院出来的小伙儿和不知从哪儿冒出来的姑娘——或者说从布料店的柜台和半独立式乡下房子走出来的吧。"他存了几百镑的,我肯定,"弗雷德说,"如果他认为可以娶到院长的外甥女,他就要拿钱转到我名下。"

"如果舅舅有五百镑,我也不会吃惊。他为德莱弗爵爷的儿子留好钱的。"

"我们要接过这个办学院的买卖。有点儿资本,我们真的可以把它做起来。现在的情况，只不过是点少得可怜的小钱。"

他们没来由地相爱了，就在公园里，为了省几个两便士铜币就坐在长椅上计划着如何去骗那两个老骗子，他们知道自己可以青出于蓝。然后，他们回去，伊丽莎白一进门就宣布说："弗里德里克和我打算结婚。"老傻瓜们的脸上立刻同时放起了光，因为一切来得这么容易，然后出于谨慎，那两张脸又暗沉下来，他们眯缝着眼看着对方。"太意外了，"劳德·德莱弗说。院长接道："天啊，年轻人真是动作快。"

整个晚上，两个老头都在谋划彩礼和嫁妆，两个年轻人则快乐地坐在角落里，看着他们讨价还价，心里明白：世界一直向年轻人敞开着大门。

一九四一年

上班的男人

　　理查德·斯盖特离开部委办公楼，在外面待了几个钟头，去查看昨晚空袭之后自家的房子是否依旧安好。他瘦削，苍白，面露饥色，是个刚刚步入中年的男人。他这一辈子，一直挣扎着挣钱糊口，在夜校讲课，在小型私立学校当代课英语教师。其间，他买了个小房子，娶了个老婆，生了个孩子——一个相当早慧的女孩，有绘画天赋，看不起他。他们住在乡下，伦敦遭遇轰炸，回家的路途变得异常遥远，把他和他的家阻隔开来——他只一周两次匆匆回家看看，现在部委办公楼就是他的整个世界，这栋无情的高大建筑，有着大轮船上那样复杂的电梯和长长的走廊，洗手间里的水怎么都不会热，洗浴刷则像教堂里的圣经，统统拴上了防盗的铁链子。中央供暖搞得大楼一股憋闷之气，只在为避开爆炸冲击波而窗户一直敞开的走廊里，有冷风嗖嗖地吹进来。你可以见到裹着毯子的人们躺在折叠帆布躺椅上，通信员像端着汤一样拿着文件到处跑。斯盖特在楼下地下室里的一张行军床上睡觉，大约十点钟出来吃早饭，足不出楼的这几个礼拜开始使他显出煤矿里运煤的马的模样——一副因为生活在地下而半盲不瞎的模样。新闻部的主事部门觉得有必要给职员们发个文，建议大家每天在户外待一两个小时，有些人还真的去了街角的国王盾徽酒吧。但斯盖特是不喝酒的。

尽管如此，他还是开心的。在大门口出示自己的通行证，对着那个志愿来当地方军的早期冰岛风俗专家点个头，他就很开心。现在，他不用再挣扎着勉力养家了：他有一份固定的工作，他是个公务员。他曾经的抱负是当个剧作家（在圣约翰斯伍德区办的一场周日演出，使他得以在注册中心注册为剧作家），既然伦敦大多数的剧院都关张了，他也不会再眼见别人成功而大受刺激。

他打开自己那间昏暗房间的门。房间是用胶合板在过道里搭起来的，因为部里庞大的职员队伍像某种真菌似的堆积——旧的部门每天都在衍生新的科室，继而新的科室脱离，成为部门，再轮番繁殖——这栋巨大的大学建筑的五百个房间不够用了：过道的角角落落改成房间，走廊一夜之间就不复存在。

"都好吗？"他的助理问道；这个胸大的年轻女人把他当儿子一样照顾，在他面色憔悴的时候给他端咖啡，像卫兵似的守着电话。

"哦，是的，谢谢。房子还在。一块玻璃没了，只此而已。"

"有位萨维奇先生来电话了。"

"哦，是吗？他怎么说？"

"他说他参加了空军，想让你瞧瞧他穿军装的样子。"

"这个老萨，"斯盖特说，"他一直有点儿疯疯癫癫的。"

电话响了，曼纳斯小姐像对待敌人一样把它一把抓起来。

"是的，"她说，"是的，R.S. 回来了。是 H.G.。"她对斯盖特说道。所有初级职员都用首字母来称呼人：这是在直呼教名和先生的称谓之间选择的一种社交折中办法。它让电话晦涩费解，一如加了密的电报。

"你好，格雷夫斯。是的，房子还立着呢。你会去开图书委员会吗？我还没弄待议事项表呢。你就不能编点什么出来？"他对曼纳斯小姐说，"格雷夫斯想知道那个委员会里都有谁。"

曼纳斯小姐飞快地对着听筒背起来，"R.K.，D.H.，F.L.，B.L. 说他会迟到。好的，我会告诉 R.S.。再见。"她对斯盖特说，"H.G. 问你为什么不直接把进度报告放进待议事项表里去。"

"他可以开他的小玩笑，"斯盖特苦恼地说，"似乎真的会有什么进展一样。"

"喝茶吧。"曼纳斯小姐说。她打开锁着的抽屉，取出斯盖特的茶匙。战争的头几个月里丢失了六千把茶匙之后，部里就不再提供茶匙，而且真的，把所有便于携带的东西锁起来，也变得越来越必要了。就连毯子也从空袭预防掩体中不翼而飞。这地方就像一架德国飞机的残骸，似乎成了捡破烂的人劫掠的对象，你都能预见到有一天它只剩下一块沉重的波特兰石，被扒得赤膊精光，被燃烧弹烧得焦黑，被地方军的来复枪射出的子弹打得坑坑洼洼。

"哎呀，哎呀，"斯盖特说，"我一定要把这个待议事项表搞定。"他的忧虑仅仅是表面文章：它不过是巨大的暗影下，在某个角落里玩的一场游戏罢了。宣传就是消磨时间的一种手段；做工作，不是因为其有用，而是为了工作本身——仅仅是个消遣。他厌倦地在待议事项表上写下"印度问题"。

斯盖特出自己办公室的时候，遇上持权杖的人带着一小队奇怪的穿袍子的老年男子路过，他让到一边站定。他们朝校长大厅走去——有人打了个喷嚏——像谦卑的幽灵，依旧在行着另一个时代的仪式。他们曾是这座宫殿里的王，为了安置他们而建起这座庞大的建筑，现在呢，公务员在他们的队伍里穿进穿出，仿佛这个队伍像烟雾一样虚无缥缈。在他还有好一会儿才到图书委员会开会的房间时，他听到一个熟悉声音说道，"我们要的是一场真正举世罕有的运动……"毫无疑问，是金，他在全力以赴投入战事：这些爆发像欲望一样会周期性地出现。金曾经当过广告人，他会定期地被兜售某样东西的需求降服。对于阿华田麦乳精、口臭和芥末俱乐部的诸多回忆无时无刻不在寻找释放的途径，直到有一天，突然，大势不可违逆，他要开始售卖战争了。财政部和皇家出版局一直留心务必让他的宏伟计划无花无果：只有一趟，因为某人休假去了，一场金的运动真的开展起来。那时候肉类的配给量跌到一先令，全伦敦的广告牌上都书有一句金的简明扼要的广告词。"别抱怨羊肉。吃点儿青菜不好么？"①一个开下流玩笑的工党人士在下院问了个问题，这些标语牌就此撤掉，花了两万英镑，常务秘书辞职，首相力挺大臣，大臣力挺部下（"我认为我们是战斗的队伍之一"），金呢，被要求辞职，事后反而涨了薪水，被派管理部里的图书处。感觉上，他在这里出不了什么乱子。

斯盖特溜了进去，像女仆摆餐巾一样低调地把待议事项表递了

---

① 原文为 Don't grouse about mutton. What's wrong with your greens? 因 mutton 和 greens 有多重意思，这句话也可解释为：别抱怨性生活了。你的性生活出什么问题了？

一圈。他不操心去听金的讲话：有一个宣传册系列，要免费发放给六百万民众，以解释我们为何而战之类。"告诉他们什么是自由，"金说，"民主。不要用长的单词。"

希尔说："我觉得皇家出版局不会……"希尔细弱的声音永远是理性之声。据说就是他拟写了官方阐释和捍卫本部存在价值的那句话："消极的行动可以产生积极的结果。"

斯盖特的待议事项表上写着：

1. 与上次会议记录有关的事项；
2. 有关德国劳工状况的威尔士语宣传册；
3. 威尔金森参访国土守备部队；
4. 对伯恩所提交的宣传册的异议；
5. 肉类营销委员会递交之册页的意见；
6. 印度问题。

斯盖特以为，这个表看上去很像那么回事儿。

"当然，"金继续说，"细节需要琢磨。我们已经有了对路的作者。普莱斯特里和像他一样的人。我觉得如果我们可以交出一个真正明晰的案子，钱方面就不会有任何问题。斯盖特，你跟进，再汇报，好吗？"

斯盖特同意。他不知道事情的来龙去脉，可这不要紧。时间几分钟几分钟地过去，金的热血会在这个过程中冷却下来。给这栋大楼里其他的人送去一份备忘录，然后收到一份回复，至少需要二十四小时。遇到紧急问题，交换三份备忘录，可能就此过了一礼拜。部委外面的时间走得却是另一种节奏。斯盖特记得有关谁执笔拟议中的有关法国作战情况的宣传册的备忘录依旧在悬而未决地传阅中，德国人却已经突破防线，越过索姆河，占领巴黎，在贡比涅接见各方代表了。

会要开一个钟头，和往常一样——对斯盖特来说，和其他部门的人一起开会总是很惬意的，宗教处，帝国处，等等。有时候，他们会增补一个大家认为不错的新成员。于是就有了展开各式有趣讨论的机会——书啦，作者啦，艺术家啦，戏剧啦，电影啦。待议事项表的确无关痛痒：最后时刻编一个相当容易。

今天，大家的情绪都不错。已经一个礼拜没任何坏消息了，而且按新任常务秘书的政策，本部不应做任何惹人注目之事，因此也没有理由担心近期会发生清洗运动。这个决定也让每个人的工作轻松起来。威尔金森的事情让人嗅到那更为宽广的生命气息。威尔金森是个非常受欢迎的小说家，他想向妇女界释放催人奋进的论调，他申请对国土守备部队作特别研究。现在，军方拒绝了申请——没人知道为什么。大家揣摩推测了十分钟。斯盖特说他认为威尔金森是个烂作家，金不同意——就此引发了泛化的文学讨论。帝国处的路易斯上次大战的时候在土耳其的加里波利打过仗，他不自在地打起了盹儿。

他醒来的时候，他们开始谈伯恩的宣传册。伯恩受邀写一本有关大英帝国的宣传册：将会免费在公众集会上发放五万本。可是它要付印了，专家们却发现各式各样不得体的措辞。印度反感提及加拿大的奶牛群,澳大利亚不赞成有关博特尼湾的某个说法。加拿大方面肯定如果提到远征魁北克的英将乌尔夫会招来法裔加拿大人的怨愤,新西兰方面感觉过分强调了澳大利亚的水果农场。与此同时,所有的公众集会都开过了,所以这宣传册也没法子发放了。有人建议可以把书送到美国,用于纽约世博会,但美国部门随后即要求删减某些提到独立战争的部分,等到处理停当,世博会开完了。现在,伯恩写了文书,反对他自己写的宣传册,他说此书已面目全非。

"我们可以找别人来署名。"斯盖特提议——但这意味着要另付一笔费用,希尔说,财政部永远也不会批。

"瞧,斯盖特,"金说,"你是搞文学的。你给伯恩写封信,把事情摆平。"

劳恩德斯急冲冲进来了,身上有点儿酒气。他说,"对不起,迟到了。要陪人午饭,公事儿。看见新闻了没?"

"没。"

"日间空袭又来了。射下来五十架纳粹飞机。他们正在穷追猛打。我们损失了十五架。"

"我们一定要切切实实把伯恩的册子发出去。"希尔说。

斯盖特突然恶狠狠起来,他自己也吃了一惊:"让他们等着瞧吧!"然后,他毫无锐气地瘫坐下来,仿佛他变节叛国被捉住了似的。

"好啦,"希尔说,"我们一定不能惊慌失措,斯盖特。记住大臣说的:不管发生什么,做好工作是我们的职责。"

"是，我也不过说说罢了。"

关于伯恩的宣传册没有形成结论，他们转向肉类营销委员会项目。没人对这个有兴趣，于是问题交给斯盖特，由他再汇报了。"你跟他们谈，斯盖特，"金说。"好主意。你懂这些事情。可以问问普莱斯特里。"他模棱两可地补充道，然后若有所思地对着备忘录上的那张老面孔"印度问题"皱起了眉头。"我们当真需要在这礼拜讨论吗?"他说，"这里没人了解印度。下礼拜，请劳伦斯过来开会吧。"

"不错的小伙子，劳伦斯，"劳恩德斯说，"他写过一本情节耸人听闻的小说，题目叫《牧师的欢娱》。"

"我们把他增补进来。"金说。

又一个礼拜的图书委员会会议开完了，明早之前这会议室不会有人，斯盖特把大窗户打开，以防夜里的爆炸气浪。暗淡杳远的天空上，一些白色的线条像蜗牛爬过后闪着微光的留痕，指引男人们下班后回家的方向。

一九四〇年

唉,可怜的马林①

可怜的马林,没脾气,又派不上用场!你可别笑话马林,别笑话他的腹鸣,他去找医生的时候,医生就总是笑,就连一九四〇年九月三日那次悲催的大发作之后,他们一定也还是笑,那一回他的腹鸣使辛姆考克斯和海瑟两个新闻纸业公司的合并工作耽搁了二十四个钟头。辛姆考克斯公司的利益对马林来说比性命还贵重:他的老板要求苛严,他工作勤勤恳恳,又知足,当个秘书就好,不奢望什么更高的职位,然后就是那二十个小时——走到这一步真是不明智啊,他们陷进了英国所得税法设下的泥淖——关系到了公司的生死存亡。那天之后,他就一下子不见了,我一直以为,他悄悄地走了,带着颗破碎的心,到某个地方印刷厂了此残生去了。唉,可怜的马林!

医生把他的毛病称作腹鸣:在英格兰,我们通常简单地称之为"肚子咕噜噜叫"。我以为这就是一种消化不良,没啥要紧,但在马

---

① 作者在这里故意逆构的人名,马林(Maling)是 malinger(装病以逃避工作者)的逆构。

林身上，这病表现得相当怪异。他常透过半圆老花眼镜幽怨地眨巴着眼睛，抱怨说他的胃有一只"耳朵"。它常以一种不寻常的方式听到音调，在饭后把这些音调释放出来。我一辈子也忘不了那次在皮卡迪利饭店招待地方印刷商的尴尬茶会：那是开战前一年，马林老去女王音乐厅听交响音乐会（他永远也不会再去了）。远远的，乐队一直在演奏《漫步兰贝斯》（一九三八年的时候，人们听厌了这支曲子，听厌了它的那种滑稽虚妄的欢快，还有曲终时的那一声"哟喂"）。突然，在舞曲之间乐融融的静默中，在印刷商从狼藉的茶点前直起身体，舒坦地靠上椅背的时候，传来了一首勃拉姆斯协奏曲开始的几个小节——若有若无的，仿佛从饭店某个遥远的角落传来，悲悲戚戚，哀鸣阵阵。一位苏格兰印刷商懂得欣赏高雅音乐，一本正经地赞叹道，"天呀，此曲绝非凡人所奏啊。"然后，音乐蓦地断了，我隐约起了点疑心，瞅了一眼马林。他的脸红成了甜菜根。没有人注意到他，因为乐队又开始演奏了，奏的是那位苏格兰人厌恶的《撞撞更开怀》①，我觉得就我一个人觉察到马林的椅子底下幽幽地传出了《漫步兰贝斯》的旋律。

十点过后，印刷商们已经挤进出租车，赶往尤斯顿车站了，马林跟我说了他肚子的问题。"它就是莫名其妙，"他说，"像只鹦鹉似的。它想学啥就学啥。"他带上了哭腔。"我再也没法享受食物了。我都不知道今后会发生什么。今天下午还不是最糟的。有时候，声音非常响。"他愁苦地思忖着。"我小的时候，喜欢听德国

---

① Boomps-a-Daisy 是当时流行的舞曲，异性舞伴之间会碰撞臀部。

乐队……"

"你去看过医生么？"

"他们不理解。他们说，就是消化不良，没啥好担心的。没啥好担心的！我看医生的时候，它从头到尾都赖着一声不吭。"我注意到他说起自己的肚子时候，把它当作一只自己痛恨的动物。他郁郁地瞅着自己的指关节，说："现在，我变得害怕所有新的声音。我根本搞不清楚。它对某些声音一点儿都不在意，但对另一些又似乎……哎，入迷得很。一听就上瘾。去年他们修整皮卡迪利之前，是路面钻机的声音。总要在饭后从头到尾来一遍。"

我很傻地说："我想你试过一般用的那种嗅盐。"我想起了——那是我最有一次见到他——他那绝望的表情，仿佛他已经不再期望有活人理解他了。

那是我最后一次见到他，这是因为战争把我从印刷行业抛了出来，投入到各种各样稀奇古怪的工作中，于是我也只是从别人那里听说了那次令马林心碎的奇怪的董事会。

报上所说的针对英国的空袭已经持续了一周：在伦敦，我们日渐适应一天五六趟的空袭警报，但九月三日那天，开战一周年的日子，却相对太平了一点儿。然而，大家都有一种感觉，希特勒可能会用一次大的攻击来庆祝这个周年纪念日。因此，在一种绷紧了弦的气氛中，辛姆考克斯公司和海瑟公司召开了联席会议。

开会的地点在菲特巷辛姆考克斯办公室楼上那个旧式的脏兮兮的小房间：创始人乔舒亚·辛姆考克斯留下的圆桌，某件可追溯至一八七五年的印品的钢制雕版，还有一本跟这个公司不相干的

《圣经》，除了一册铅字图样之外，它一直是摆在玻璃大书橱里的唯一一本书。老爵士乔舒亚·辛姆考克斯坐在椅子里：你可以想象出他雪白的头发和新教徒那副像猪肉一样苍白的模样。韦思比·海瑟在那里，其他六七个董事一色精明的窄脸，穿着利落整洁的黑色上衣；他们看上去都有点儿神经紧张。倘若打算规避这个新的所得税条例，他们就得赶紧办事儿。马林呢，他俯身伏在自己的拍纸簿上，神经质地做好准备回答任何人的任何问题。

读议事录的时候被打断了一次。韦思比·海瑟是个体弱多病的人，他抱怨说隔壁房间的打字员吵得他心烦。马林脸一红，出去了：我想他一定去吞了个药片，因为那个打字员停了。海瑟不耐烦了。"快点儿，"他说，"快点儿。我们可没有一晚上的时间。"可事实上，他们的确有一晚上的时间。

读完了议事录，乔舒亚爵士开始操着约克郡口音详详细细地解释他们的动机是完完全全爱国性质的：他们没有一点儿避税的意图，他们只是要为战事尽点绵薄之力，内驱力，经济……他说："好坏还有待检验……"就在这时，空袭警报响了。我说过，人们预料会来一次大侵袭；现在可不是拖拖拉拉的时候；死人也不能规避所得税。董事们收起各自文件，冲向地下室。

除了马林。你瞧，他知道真相。我想，正是提到了布丁①，唤醒了那头沉睡的动物。当然，他应该坦白，但是想一想：看着那些

---

① 上文乔舒亚爵士用的是习语，"the proof of the pudding"指结果好坏还有待检验。马林应该是听到了其中的 pudding 一词。

在西装马甲里穿着白色衬衣的老头子吓死人似的没头没脸地奔逃求生,你还会有坦白的勇气吗?我知道自己一定会像马林一样,跟着乔舒亚爵士下地下室,带着绝处逢生的希望,指望这肚子会做件对的事情,弥补之前的错失。但是,没有。辛姆考克斯公司和海瑟公司联合董事会在地下室待了十二个小时,马林跟他们在一起,一句话也没说。你瞧,出于某种莫名其妙的品位,可怜的马林的肚子卓有成效地学会了空袭警报的声调,但是不知怎的,这肚子从没学会警报解除信号。

辩方有利

这是我参加过的最奇怪的谋杀案审判。他们在报纸头条里称之为佩卡姆谋杀案,不过,发现那个老女人被敲死的地方是诺斯伍德街,严格来说,并不属于佩卡姆区。这不像那种旁证案,你能感觉到陪审员们的焦躁——因为**已经**犯了差错——像家具脚下的滚轮,抹消了整个法庭的声音。不是,杀人犯就在尸体旁边。刑事检察官概述案情的时候,现场没有人相信被告席上的那个人有一丝脱罪的可能。

他是个粗壮的大块头,凸出的眼睛里布满血丝。所有的肌肉似乎都长在了腿上。没错,一个丑陋的家伙,一个你扫过一眼就不会忘的人——这是一个重要的点,因为刑事检察官提出传召四位证人,他们还没忘掉他,他们见到他从诺斯伍德街那座小小的红色别墅匆匆离去。那时,钟刚刚敲过凌晨两点。

住在诺斯伍德街十五号的萨尔蒙太太一直失眠。她听见某扇门咔哒关上了,以为那是自家的大门。于是,她走到窗边,看见亚当斯(这是他的名字)站在帕克太太家门前的台阶上。他刚出来,他戴着手套。他手里拿着一把榔头,她看见他把它丢进了前门边的月桂丛。但他离开前，抬起了头——看了一眼她的窗户。男人在被人盯着看时会有所知觉，这种致命的本能借着街灯的光将他暴露在了她的注视之下——他的眼睛里充满了恐惧，野蛮凌厉，令人毛骨悚然，就像一只动物在你举起鞭子时露出的眼神一样。后来，我跟萨尔蒙太太交谈过，当然，在陪审团做出那个惊人裁定之后，她自己也变得惶惶然了。我可以想象，所有的证人都是如此——半夜从本福利特开车回家的亨利·迈克莫高尔，他差点儿在诺斯伍德街街角把亚当斯撞死。亚当斯走在马路中间，一副茫然的样子。还有住在帕克太太隔壁十二号里的老先生韦伊勒，他被一个声音吵醒——仿佛是一把椅子倒了——别墅的墙薄如纸翼，他起了身，像萨尔蒙太太一样从窗户望出去，看见了亚当斯的后背，然后他转过身，他看见了那双暴突的眼睛。在月桂大街，他还被另一位证人看到了——他真是一点儿运气都没有。他都可以到光天化日之下去作案了。

"我以为，"检察官说，"辩方意在申辩认错了人。亚当斯的太太会告诉诸位，二月十四日凌晨两点的时候，他与她在一起，但诸位听完法庭上证人所说，仔细研究犯人的相貌之后，我以为诸位不会愿意承认存在错认的可能。"

全完了，只有绞刑了，你也许会这么说。

发现尸体的警察和验尸的医生提交完勘察笔录证据之后，萨尔蒙太太被传唤上庭。她是个理想的证人，有一点点苏格兰口音，神情诚实谨慎，和蔼亲切。

刑事法庭检察官和缓地叙述案情。她说得非常肯定明确。她没有恶意，站在中央刑事法院的法庭上，面对一身猩红袍服倾听她讲话的法官和作记录的记者,她也没觉得自己成了重要人物。没错,她说,她下了楼,打了电话给警局。

"那您在法庭上看见那个男人了吗?"

她径直看向被告席上那个大块头的男人,他死死地瞪着她,一双京巴狗样的眼睛里空洞洞的。

"是的,"她说,"他在。"

"您肯定吗?"

她简单答道,"我不会弄错,先生。"

就这么容易。

"谢谢您,萨尔蒙太太。"

辩方律师起身盘诘。如果你像我一样报道过许多谋杀案的审理,你就会事先知道他要采取什么样的对策。在一定程度上,我猜对了。

"现在,萨尔蒙太太,您一定没有忘记,您的证言可能决定一个人的一生。"

"我没有忘记,先生。"

"您的视力好吗?"

"我从来没必要戴眼镜,先生。"

"太太您五十五岁了吧?"

"五十六,先生。"

"您看见的男人在马路的另一边?"

"没错,先生。"

"时间是凌晨两点。您一定有一双非凡的眼睛,萨尔蒙太太?"

"不，先生。有月光，那人抬头看的时候，路灯的光照在了他的脸上。"

"您一点儿都不怀疑您看到的那个人就是犯人？"

我想不出他这么做目的何在。他得不到其他答案，除了他得到的那一个。

"一点儿都不怀疑，先生。那张脸，您忘不了的。"

律师环视法庭片刻。然后他说："萨尔蒙太太，您介意再好好看一看法庭上的人吗？不，不是犯人。请站起来，亚当斯先生。"于是，在法庭的后面站起了一个与被告席上那个人外表一模一样的人，大块头，肌肉发达的腿，还有一双暴突的眼睛。甚至，他穿的也一样——紧身的蓝色套装，还有条纹领带。

"现在，非常仔细地想一想，萨尔蒙太太。您还能发誓说那个在帕克太太花园里丢掉榔头的男人就是犯人——不是这个人，他的孪生兄弟吗？"

当然，她做不到。她看看这个，看看那个，一个字也没说。

那个大块头的粗野人交叉着腿坐在被告席里，现在他又站在了法庭的后面，他们一齐瞪着萨尔蒙太太。她摇了摇头。

然后，案子就结了。没有一位证人愿意发誓自己看见的就是犯人。他的兄弟呢？他也有自己的不在场证据，他和他的太太在一起。

于是，那个男人因证据不足而无罪开释。但他——如果他杀了人，而他的兄弟没有杀人的话——有没有受到惩罚，我不知道。这个非常的一天有个非常的结尾。我跟着萨尔蒙太太走出法庭，一大群人在等那对双胞胎，我们被人群困得寸步难行。警察想驱散人群，但能做的也只有保持道路通畅而已。后来，我得知他们想让双胞胎从后门离开，可也不行。其中一个——没人知道是哪个——说，"我被无罪释放了，不是吗？"他们大咧咧走出了前门。事情就这么发生了。我不知道怎么一来，虽然我就在六英尺之外。人群涌动，双胞胎中的一人不知怎的被推到了马路上一辆公共汽车的正前方。

他像兔子一样发出一声尖叫，就这样：他死了，他的脑袋像帕克太太的脑袋一样哗啦碎了。天谴？我希望自己知道。另一个亚当斯从尸身旁边站起身，直勾勾地看着萨尔蒙太太。他哭了，他是杀人者还是无辜的人，没有人说得明白。但，倘若你是萨尔蒙太太，你晚上还能睡得着觉吗？

一九三九年

艾奇韦尔路附近的小地方

夏天的细雨中,克雷文走过阿喀琉斯的雕像。只不过刚刚过了规定的车辆开灯时间,朝大理石拱门一路过去,小轿车已经排起长龙,一张张轮廓分明的脸贪婪地向外凝望着,预备好了享受接下来的好时光。克雷文苦滋滋地走过,雨衣的领子紧紧地扎住脖子:这是个他倒霉的日子。

一路向海德公园走,让他想起了所谓情爱,但要爱情,你得有钱。穷人可以有的只能是性欲。爱情需要一身好衣裳,一辆小轿车,在某处有一套公寓,或者一家不错的旅馆。它需要用玻璃纸包装起来。他每时每刻都感觉得到雨衣里面那根细茎似的领带,还有磨损的袖管;他拖着自己的肉体,就像带着一件他憎恶的东西一样。(在大英博物馆的阅览室里有过一些幸福的时刻,但他的肉体将他唤回到现实。)他唯一的感情,就是记忆里在公园长椅上做的那些丑恶事情。人们说着闲话,仿佛肉身消亡得太快——对克雷文来说,这一点儿都没关系。肉身灭不了——他穿过闪烁着金属光华的雨丝走向演讲角的高台,经过一个穿着黑色套装的小个子男人,他举了条横幅,上书"此身当复活"。他想起了一个梦,他先后三回从这个梦中惊醒，浑身发抖：他一个人待在整个世界庞大黑暗的墓穴。每个坟都在地下彼此相连：为了死人，地球被弄成了蜂巢的结构。每回做梦，他都重再发现尸身不腐这个惊悚的细节。没有蠕虫，没有分解。地下世界到处是大群大群死去的躯体，它们时刻准备着带好一身的疣子、疖子和疹子复活。他躺在床上，想起来——算是个"大喜讯"——尸体，究竟还是会腐朽的。

他快步走进艾奇韦尔路——近卫团士兵三三两两地出来了，疲惫而瘦长的野兽们——那身体套在紧身的裤子里像蠕虫一样。他恨他们，也恨自己的这种恨，因为他知道这恨是什么，是妒忌。他知道，他们每一个都有一副好过他的肉身：消化不良折磨着他的胃；他肯定自己口臭难闻——但他能去问谁呢？有时候，他给自己的这儿或那儿抹点儿香水：这是他最丑恶的秘密之一。凭什么要求他去相信这他想要忘却的肉身会复活呢？有时候，他在晚上祈祷（他的胸中寄住着一丝宗教信仰，就像坚果里有一条蠕虫一样），**他的**肉身永远也不要复活。

他非常熟悉艾奇韦尔路两边的小街：兴致来了的时候，他就去走，斜着眼瞄自己在萨尔蒙与格鲁克斯坦烟草和 A.B.C.s 公司橱窗里的映像，一直走到累了。就这样，他立刻注意到里卡尔巴路上那家废弃剧院外面的海报。它们很平常，因为有时候巴克莱银行剧社会把这个地方租上一晚——或者一部没人知道的电影会在这里搞业内试映。一个乐观主义者在一九二〇年建造了这个剧院，他当时想着便宜的地皮或许足以抵消此处距传统影剧区相去一英里的不利因素。可没有一场戏成功，很快，它就被遗弃了，老鼠洞和蜘蛛网越聚越多。座椅的套子从来没换过新的，发生在这个地方的，只有一场短暂虚幻的业余演出或内部预映罢了。

克雷文停下来看海报——就算到了一九三九年，似乎还有乐观主义者存在，因为只有最盲目的乐观主义者才会希望从一个叫"默片之家"的地方挣钱。《纯朴的人》的第一轮公映（一个不现实的说法）：永远不会有第二轮。好吧，位子便宜，既然他累了，对他来说，花一先令进室内避个雨，可能还是值的。克雷文买了张票，走进了剧场正厅前排的黑暗中。

一片漆黑之中，钢琴叮叮咚咚地奏着没什么抑扬顿挫的曲调，让人想起门德尔松：他在一个座间通道的位子上坐下，立刻就感受到了周遭的空空荡荡。不，不会再有第二轮公映。银幕上，一个身着类似古罗马托加袍的大个子女人双手紧握，带着古怪的急促摇摇晃晃地走向卧榻。她坐下来，透过披散的丝一样的黑发，像牧羊犬似的神思散乱地瞪大眼睛。有时候，她仿佛整个人融化成了点、闪光和波纹线条。字幕写道："遭爱人奥古斯塔斯背叛的彭皮莉亚寻求解脱。"

克雷文终于看清了——一大片阴暗的正厅前排座位。这地方不足二十个人——几对情侣头碰着头窃窃私语，一些像他自己这样穿着同一款式廉价雨衣的孤独男人。他们间隔着躺坐着，像尸体——克雷文的强迫症又回来了：一恐惧就来的牙痛。他悲戚戚地想——我要发疯了：其他人没这样的感受。就连一个废弃的剧院都让他想起那些无止尽的洞穴，尸身在那里等待着复活。

"奥古斯塔斯被激情所奴役，要了更多的酒。"

一个臃肿的中年日耳曼男演员歪靠着扶手，胳膊里挽着个身穿宽松直筒连衣裙的大块头女人。《春之歌》不合时宜地响了起来，银幕像不舒服了似的闪了几下。一个人摸索着穿过黑暗，爬拉着蹭过克雷文的膝盖——一个小个子男人，一把大胡子扫过克雷文的嘴巴，感觉真难受。新来的人找到了邻座的位子，长长地叹了口气，荧幕上的情节发展太快了，彭皮莉亚已经捅了自己一刀——诸如此类吧，克雷文想——高耸着丰胸，直挺挺地躺在了她那些哭泣的奴隶们中间。

一个低沉的声音没了气似的在克雷文的耳边叹了口气："怎么啦？她睡着了？"

"不。死了。"

"被谋杀了？"那声音带着浓烈的兴趣问道。

"我不这么认为。她捅了自己一刀。"

没有人说"嘘，别作声"：没有人提得起兴趣来反对别人说话。他们萎顿在空荡荡的座椅中，一副消沉疏懒的态度。

电影还没完：尚有孩子们要考虑。故事会在下一代身上继续发展下去吗？但邻座那个大胡子的小男人似乎只对彭皮莉亚的死感兴趣。他在那个时刻进来，这一点明显令他入了迷。克雷文听见了两次"巧合"这个词，他用低沉的像没了气似的的语调自言自语。"一想就觉得荒谬"，"没有一点儿血"。克雷文没在听：他坐着，双手紧握夹在膝盖中间，面对着他曾经经常面对的状况，那就是他处于要疯掉的危险之中。他得少活动多休息，度个假，看看医生（鬼知道什么东西在他的血管里肆意侵染）。他发现，那位大胡子邻座直接招呼他说话了。"什么?"他不耐烦地问道,"你说什么?"

"会有很多血,多得超出你的想象。"

"你在说什么?"

那男人对他说话的时候,向他喷着濡湿的口气。他说话呜噜呜噜的,像有些口吃似的。他说:"当你谋杀一个男人的时候……"

"这是个女人。"克雷文不耐烦地说。

"没啥差别的。"

"不管怎么说,这跟谋杀无关。"

"这不要紧。"在黑暗中,他们似乎开始了一场荒谬且无意义的争吵。

"我知道,你懂的。"大胡子的小男人非常自负地说。

"知道什么?"

"知道这种事情啊。"他警惕起来,模棱两可地说。

克雷文转过头,想要把他看清楚。他疯了吗?这是个警告吗,他可能会成为这个样子吗——在电影院对着陌生人呜噜呜噜说些让人不明就里的话吗?他想,老天作证,不要,他想要看清楚:我还神志正常。我**会**神志正常。他什么也看不清,只看见一个隆起的小小的黑色身体。那男人又自言自语去了。他说:"说。说。他们会说,就为了五十英镑。可那是撒谎。道理,道理。他们总是挑第一条道理。从来不看看背后。三十年的道理。这种呆子。"他又说,还是那种没了气似的语调,带着一点儿没有节制的自负。那么,这就是疯狂了。只要他能明白这一点,他自己一定还神志正常——相对而言。也许不如公园里的追求者或艾奇韦尔路上的近卫团士兵那样正常，但比这一个要正常。钢琴继续叮叮咚咚，这是个令人鼓舞的信息。

然后，那个小男人又转过头，喷了他一脸。"杀了她自己，你说？但谁会知道？这可不仅仅是哪只手拿着刀的问题。"他突然轻信地把一只手放在了克雷文的手上，湿湿黏黏的：克雷文想到了一种可能，惊恐地说，"你说什么？"

"我知道，"小男人说，"我这种处境的人知道几乎所有的事情。"

"你什么处境？"克雷文问道，他感觉到自己手上那只黏糊糊的手掌，想要弄明白他到底是不是有癔病——毕竟，解释不下一打——那可以是浓稠的糖浆。

"绝境，**你会**说。"有时候，他的声音在喉咙里就微弱到几乎听不见了。银幕上发生了不可思议的事情——把你的眼睛从这些早期电影上移开片刻，情节发展就快得……只有演员的动作慢吞吞的，呆呆笨笨的。一个穿着睡衣的年轻女人看起来正在一位古罗马百人队长的臂弯里哭泣：这两人，克雷文之前都没见过。"**在你的怀里，卢西亚斯，我不害怕死亡。**"

小男人窃笑起来——存心的。他又自言自语了。他拿开了黏糊糊的手，但被这黏糊糊的手搭上过，要忽视他就不那么容易了：他似乎在摸索前面的座位。他的头有向侧边垂下的习惯——像个白痴小孩似的。他岔开去，清楚地说道："贝斯沃特惨案。"

"那是什么？"克雷文说。他走进公园之前，他曾在一张告示上看见过这些字。

"什么?"

"那个惨案。"

"想想,他们称之为贝斯沃特的库伦马厩弄。"小男人突然开始咳嗽——他把脸转向克雷文,对着他咳:报复似的。那个声音说,"让我瞧瞧。我的雨伞。"他站起身。

"你没拿雨伞。"

"我的雨伞,"他重复道,"我的——"似乎连话也不会说了。他爬摸着,蹭过克雷文的膝盖往外走。

克雷文给他让路,他还没走到出口处鼓起的积满灰尘的帘子,银幕就一片空白了——胶片坏了,有人立刻打开了楼厅弧形梯级座位上方积满灰尘的枝形吊灯。灯光照下来,光线正好让克雷文看清自己手上的污迹。不是癔病:是事实。他没疯:他坐在了一个住在某个马厩改成的房子里的疯子旁边——名字叫什么来着,科伦,科林……克雷文跳起来,走出去:黑色的帘子拂进了他的嘴巴。但他太晚了:那个男人已经走了,有三条岔路可选。他选择了电话亭,他以自己少有的理智和决断拨了号码999。

没用两分钟就找对了部门。他们很有兴趣,也很和善。没错,确实有一起谋杀案发生在某处马厩弄——库伦马厩弄。一个男人的脖子被人用切面包的刀从左耳根切到了右耳根——一桩恐怖的凶案。他开始跟他们讲自己如何在电影院里坐在了凶手的旁边,不可能是其他人:他的手上有血——他说着说着,想起了那濡湿的胡子,一阵恶心。一定流了好多好多血。但是苏格兰场传来的声音打断了他。"哦,不,"那个声音说,"我们抓到了凶手——这是毫无疑问的。不见了的，是那具尸体。"

  克雷文放下听筒。他大声对自己说，"这种事为什么要发生在**我**身上？为什么在**我**身上？"他又回到了自己的梦魇中——外面越来越暗的肮脏街道只不过是数不清的连接坟墓与坟墓的坑道中的一条，坟墓里躺着不灭的尸身。他说："那是个梦，一个梦。"他向前倾着身子，看见电话上方镜子里自己的脸，脸上星星点点的是细细的血滴，像香水喷雾器喷出的水珠。他尖叫起来："我不会疯。我不会疯。我神志正常。我不会疯。"不一会儿，一小群人围拢来，很快，警察来了。

一九三九年

过　桥

"他们说，他身家百万。"露西亚说。他坐在湿热的墨西哥小广场上，脚边趴着一条狗，一副无限凄苦的坚忍神态。那条狗一下子就吸引了你的注意，它非常接近英国的赛特犬，只有尾巴和丛毛有些异样。他的头顶上，棕榈树萎垂着叶子，音乐台周围都是树荫，空气闷人，小木棚里的收音机大声地播着西班牙语，那些小木棚做着比索亏本换美元的生意。从他看报纸的样子，我看得出他一个词都不看明白——我自己就是那样从中挑选长得像英语的词儿。"他在这儿待了一个月了，"露西亚说，"他们把他赶出了危地马拉和洪都拉斯。"

在这个边境小镇，任何秘密都保守不了五个小时。露西亚刚到此地二十四个小时，但她知道了约瑟夫·卡罗维先生所有的事情。我不知道他的故事的唯一原因（我到此地已经两周了），是因为我说西班牙语的水平跟卡罗维先生一样糟糕。此地再没有其他人不知道这个故事了——有关霍林投资信托的前情后事，以及有关引渡的种种程序。镇上随便哪个木头棚子里做着可怜生意的男人旁观了那么久，都比我更合适来说一说卡罗维先生的故事，只不过我亲历了——货真价实——抓捕的最后一刻罢了。他们统统怀着浓厚的兴趣、极大的同情和尊重，看着这场戏发展。毕竟，他有一百万啊。

蒸人的漫漫长日，每过一会儿，就会有一个男孩子跑来给卡罗维先生擦鞋：他不懂说什么拒绝他们——他们装作不懂他的英文。我和露西亚看着他的那天，他的鞋起码被擦了六七次。中午，他起来溜达，穿过广场去安东尼奥酒吧，喝一瓶啤酒，那条赛特犬紧紧跟着，仿佛他们在英国，到乡间去散步似的（你可能知道，他在诺福克郡可有当地最大的一处庄园）。喝过啤酒，他会穿过那些换钱的小棚屋，到格兰德河去看桥那边的美国：人们坐着小轿车来来往往。然后，到午饭的时候回来广场。他住在最好的那家旅馆里，但在这个边境小镇，你是找不到好旅馆的：没有人住在旅馆里超过一个晚上。好旅馆在桥的另一边：晚上，从这个小广场，你可以看见它们二十层楼那么高的电光招牌，像灯塔一样标志着美国的存在。

你也许会问，我在这么一个了无生气的地方待两个礼拜都干了些啥。此地对任何人来说都没啥好玩的。这里潮湿，灰大，贫穷，算得上河对面那个镇子的拙劣复制品。两个小镇在同一个地点都有广场，有着相同数量的电影院。一个比另一个更干净，仅此而已，还有更贵，贵出许多。我在等人，在对面住了两三个晚上，某个旅游局说那人从底特律一路开车要到尤卡坦，他可以在车上捎上某个人，要价数目小的离谱——二十美元，我想是这个数。我不知道此人是真的存在呢，还是中介公司里那个乐观的混血儿生造出来的。不管怎么说吧，他没出现，我也不怎么烦心，就住到便宜的河这边等。没啥了不起。我活着呢。有一天，我打算不管那个底特律来的人了，回家，或者往南走，但不急匆匆做决定，日子更好过。露西亚只是在等一辆往北去的轿车，但她不必等那么久。我们一起等，看着卡罗维先生等——天知道他在等什么。

我不知道要怎么看待这个故事——对卡罗维先生，这是个悲剧；但在被他的虚假业务毁掉的股东眼里，它是诗意的果报；而在现阶段，对露西亚和我来说，这是一出喜剧——除了他踢狗的时候。我不是个对狗有无限柔情的人，我宁愿人们对动物而非人类残酷，但还是不禁反感他踢那畜生的方式——有点儿冷血的狠毒，不是出于愤怒，仿佛是为了很久之前它曾戏耍他而实施的反攻倒算。通常，这发生在他从大桥那边回来的时候：这是他显露出的唯一可算是情绪的标志。不然，他看起来就是个小小的、呆板的、温和的人，一头银发，一缕银须，戴着金丝边的眼镜，还有一颗金牙，像性格里的污点。

露西亚说他被赶出厄瓜多尔和洪都拉斯，这并不正确。他是在引渡程序看上去有望通过的时候自动离开，并向北走的。墨西哥仍然是一个中央集权不是很强的国家，你哄不了内阁部长或法官的时候，还有可能去搞定地方的长官。于是，他在边境等待，看下一步怎么走。我想，这个故事之前的那部分是戏剧性的，可我没亲眼见，我不能生造自己没见到的事情——长久地等在候见室，拿了的和拒了的贿赂，对被捕的恐惧日益强烈，然后出奔——带着金丝边的眼镜——尽可能地掩盖行踪，但这不是金融，对于逃跑，他业余着呢。于是，他就停在了这里，在我和露西亚的眼皮底下，整天坐在音乐台下面,能看的只有一张墨西哥报纸,能做的只有望向河对岸的美国,我想,他还没有发觉每个人都对他了如指掌,每天踢他的那条狗一回。也许,它那副半吊子赛特犬的模样着实令他想起诺福克郡的庄园——尽管如此,我猜,这也是他养着它的原因。

下一幕又是一出纯喜剧。我不愿意去想这个身家百万的男人花掉了他的祖国多少钱,他们把他从这个国家逼到那个国家。也许有人厌倦了这件事情,不在乎了。不管怎么说吧,他们派过来两个侦探,带着一张旧照。他在拍过那张照片之后蓄起银须,年纪也大了许多,他们一眼认不出他的。他们过桥不到两个小时,每个人都知道镇上有两个外国侦探在找卡罗维先生——每个人都知道,这个意思是说,除了不会说西班牙语的卡罗维先生。这里有的是可以用英语通知他的人,但他们没有说。这不是残酷,这是一种敬畏与尊重:他像一头出场的公牛,和他的狗一起忧伤地坐在广场上,我们统统坐在赛场前排的位子里看这出大戏。

我在安东尼奥酒吧遇见了其中一位警察。他兴味索然。他曾有点想法,以为过了桥,生活会有所不同,丰富的色彩与阳光,还有——我猜——爱情,然后他只发现了宽阔泥泞的街道,夜里下的雨积成了一摊摊的水洼,长了疥癣的狗,卧室里的异味和蟑螂,最近的可以谈谈情说说爱的地方,是开着门的商业学校,漂亮的混血姑娘一个早上都坐在那里学打字。嘀嗒嘀嗒嘀——也许他们也有梦——桥那边的工作,那里的生活将会奢华许多,精致许多,有趣许多。

我们搭上了腔。他似乎诧异于我知道他们是谁,他们要找什么。他说:"我们收到消息,说卡罗维这个人在镇上。"

"他在什么地方逛荡呢吧。"我说。

"你能把他指出来吗?"

"哦,我是看见了也不认识他的。"我说。

他喝了口啤酒,想了一会儿。"我要出去,坐在广场上。他肯定会路过。"

我干掉啤酒,快步离开,找到了露西亚。我说:"快点儿,我们会看见抓捕。"我们不在乎卡罗维的那些事情,他就是个老人,踢自己的狗,诈取穷人的钱,得什么报应都是该他受的。于是,我们往广场走去。我们知道卡罗维会在那儿,但我们俩谁都没想到那俩侦探会认不出他。那附近人群有些汹涌,镇上所有卖水果的和擦皮鞋的似乎都到了。我们不得不硬挤进去,在广场小小的绿色中心,在相邻的位子上坐着两个便衣和卡罗维先生。我从来不知道这个地方会如此安静,每个人都蹑手蹑脚的,那便衣盯着人群搜寻卡罗维先生,卡罗维先生坐在常坐的位子上,视线越过换钱的棚屋,盯着美国。

"不会吧。不可能。"露西亚说。可就是如此。我们紧紧地挨着坐在一起。我们一直担心自己要哈哈大笑起来。那只半吊子赛特犬在抓跳蚤,卡罗维先生看着美国。两个侦探看着人群,人群看着戏,带着一种庄重的满足。然后,一个侦探站了起来,朝卡罗维先生走去。结束了,我想。但不是结束,仅是开始。出于某种原因,他们将他从嫌疑人的单子上移除了。我永远都不会知道缘由。那个人说:

"您说英语吗?"

"我**就是**英国人。"卡罗维先生说。

就连这也没扯破那张纸,最最奇怪的,就是卡罗维先生恢复生气了。我以为,这几个礼拜还没人这样跟他说过话呢。墨西哥人太恭敬了——他是个身家百万的人——我和露西亚也从没想过要把他当人类一样寻常对待。就算在我们的眼里,他也被其巨额的盗窃案和全球的搜捕放大了。

他说:"这是个很糟糕的地方,你以为呢?"

"没错。"警察说。

"我想不出有什么可以使人过桥来。"

"公务,"警察沮丧地说,"我猜您是过境。"

"没错。"卡罗维先生说。

"我原想这边有——您懂我的意思——好日子过呢。书上读到的墨西哥。"

"哦,好日子。"卡罗维说。他说得坚定而扼要,仿佛在对股东委员会说话似的。"那要到另一边才有。"

"不离开自己国家,就体会不到它的好。"

"这话没错,"卡罗维先生说,"非常正确。"

一开始,忍住笑很难,过了一会儿,也就没啥好笑的了:一个老人在想象跨国大桥那边的种种优雅与美好。我想,他把对面的小镇想成了伦敦和诺福克郡的合体——剧院和鸡尾酒吧,一个小小的猎场,傍晚到野地里去走走,身边的狗——那只冒牌儿赛特犬——刨着沟渠。他从来没过过桥,他不知道那里还是一样的——连布局都是一样的。只是街道是铺设过的,旅馆有十几层高,生活更贵,每样东西都干净些罢了。那里没有卡罗维先生会称之为生活的东西——没有画廊,没有书店,只有《趣电影》杂志和地方报纸,《点击》,《聚焦》和各种通俗小报。

"好啦,"卡罗维先生说,"我想,我要在吃午饭之前去散个步。要吞下这里的食物,得有点胃口才行。我通常往下走,去看看桥。要一起来吗?"

侦探摇了摇脑袋。"不,"他说,"我还有公务在身。我在找个人。"就这样,把**他**给放走了。依着卡罗维先生的理解,这世界上只有一个"人"是人们在寻找的——他的大脑略去了寻找友人的朋友,等待妻子的丈夫,所有的追寻的对象都是唯一的。这种省略的能力使他成为了一个金融家——他能忘掉股票背后的人们。

之后,我们就有一段时间没再看见他了。我们没见他走进巴黎药店去取他的阿司匹林,或者带着他的狗从桥那儿走回来。他就是不见了,当他不见了,人们就开始谈论了,侦探听到了谈论。他们傻透了,忙忙碌碌要找的人就是花园里坐在他们旁边的那个。然后,他们也不见了。和卡罗维先生一样,他们到州府去见地方长官和警察局局长,他们在那里又撞上了卡罗维先生,和他一起坐在等候室里,那场面一定挺逗。我猜,卡罗维先被请了进去,因为每个人都知道他身家百万。只有在欧洲,一个人才可能既是罪犯又是富人。

不管怎么说,大约一个星期之后,他们这批人又坐同一班火车回来了。卡罗维先生坐的卧铺,两个警察则是普通座票。显然,他们没得到引渡令。

那时候,露西亚已经走了。小轿车来了,开过桥去。我站在墨西哥,看着她在美国海关前下了车。她并不特别,不过远远地看,她挺美的,她在美国大门前向我挥手,钻回车里去了。我突然同情起卡罗维先生来,仿佛那边有在这边找不到的东西似的,我转过身,看见他又回到了过去的节奏,那条狗紧紧地跟在他身后。

我说,"下午好啊",仿佛相互打个招呼是我俩长久保持的习惯似的。他看上去累了,病快快的,灰头土脸,我挺为他可惜的——想想他赢得的那种胜利,花了那么多的现金和心神——而奖赏呢,这个肮脏沉闷的小镇,换钱的棚屋,摆着柳条椅和沙发的差劲小美容院,就像妓院的接客间,还有音乐台边上那个闷热的花园。

他忧伤地回答道,"下午好。"那条狗去嗅一摊大便,他转过身,踢了它一脚,暴怒,沮丧,绝望。

这时候,一辆载着两位警察的出租车经过我俩向大桥驶去。他们一定看到了那一脚。也许他们比我以为的要聪明一些,也许他们只是对动物有爱心,想着他们要做件好事,剩下的就纯属偶然了。然而,事实是不变的——那两位法律的栋梁开始了偷盗卡罗维先生那条狗的行动。

他看着他们开过。然后,他说,"你为什么不过去?"

"这里便宜些,"我说。

"我的意思是就过去一晚上。去那个我们晚上看得见的天上的地方吃个饭。去剧院看场戏。"

"那儿没有。"

他吮着他的金牙，生气地说，"好吧，不管怎样，离开这里。"他瞪着山下，看着对面。他看不到从大桥过去的街道上只有与这边一模一样的换钱的棚屋。

我说："**你**为什么不去？"

他托辞说："哦——生意。"

我说："只是钱的问题。你不是**非得**经过那桥。"

他没啥兴趣，说道："我不会说西班牙语。"

"这里没有一个人，"我说，"不会说英语的。"

他诧异地看着我。"是吗？"他说，"是这样吗？"

正如我所说；他从来没有尝试跟人说话，他们又太尊敬他，不敢跟他说话——他身家百万啊。告诉他这个事情，我不知道自己是要高兴还是要抱歉。如果我没有说，他可能现在还在那里，坐在音乐台边，有人给他擦鞋——活着，痛苦着。

三天之后，他的狗不见了。我发现他在找它，在花园的棕榈树之间羞怯地柔声呼唤着。他看上去很尴尬。他用低沉生气的声音说："我**恨**那条狗。可恶的杂种。"接着，又用五码之外听不到的声音唤着"罗弗，罗弗"。他说："我曾经培育过赛特犬。我会拿枪射杀那样的一条狗。"**我是**对的，它让他想起诺福克郡，他生活在记忆里，他因它的不完美而恨它。他是个没有家的人，没有朋友，他唯一的敌人就是那条狗。你不能把法律称为敌人，你必须与敌人亲密熟稔才行。

那天下午晚些时候，有人告诉他，他们看见那条狗走过桥去了。当然，这不是真的，但当时我们不知道——他们付给一个墨西哥人五个比索把它偷偷带了过去。于是，整个下午以及接下来的那天下午，卡罗维先生坐在花园里，任由他的鞋子被擦了又擦，思量着一条狗怎么就能那样走过去了呢，而一个人，一个不朽的灵魂，却要困在这里，每天例行公事地稍微散下步，还有那些糟到无法形容的饭菜，小药店里的阿司匹林。那条狗看见了他看不见的东西——那条可恶的狗。它让他发疯——我以为是真的疯了。你一定知道，这个人熬过了好几个月。他有百万金钱，他每个星期用两镑，有钱没处花啊。他坐在那里，沉思着这其中那荒谬可笑的不公平。我想，不管怎样，有一天，他终归要过桥的，只是这狗，成了最后一根稻草。

第二天，看不见他了，我猜他到那边去了，于是我也过了桥。那个美国小镇和墨西哥小镇一样的小。我知道，如果他在那里，我就不会看不到他，我还是好奇的。对他，有一点儿歉意，但不太多。

我第一次看到他是在唯一的药店里，他在喝可口可乐，然后又在电影院外面看到他一回，他正在看海报。他穿得异常整洁，仿佛要去参加派对，但这里没有派对。我兜第三圈的时候，遇到了那两个侦探——他们在药店里喝可口可乐，他们一定与卡罗维先生擦身而过了。我走进去，在吧台边坐下。

"好啊，"我说，"你们还在啊。"我突然为卡罗维先生焦虑起来。我不想他们碰到。

一个侦探说："卡罗维在哪里？"

"哦，"我说，"他还撑着呐。"

"但他的狗没了。"他说着笑起来。另一个看上去有点儿震惊，他不喜欢别人说挖苦一条狗的话。他们站起来——他们有辆车停在外面。

"再来一瓶？"我说。

"不了。我们要继续上路。"

两人凑过来，向我吐露了秘密："卡罗维到这边来了。"

"哦哟！"我说。

"还有他的狗。"

"他在找它。"另一个说。

"他要是在找狗，我就奇了怪了。"我说。两人中的一个又露出一点诧异的神情，仿佛我在侮辱那条狗似的。

我不认为卡罗维先生在找他的狗，但他的狗确实找到了他。车里突然传来欢快的狂吠，那条半吊子赛特犬冲了出去，欢蹦乱跳地沿街跑去。一位侦探——充满爱心的那一位——在我们走到门口之前就进了车子，他开车去追那狗。通向大桥的长长马路的尽头，正是卡罗维先生——我绝对相信，他是到这里来看墨西哥那一边的，他发现美国这一边除了药店、电影院和报摊之外啥都没有。他看见狗向他跑来，喊它回家去——"回家，回家，回家"，仿佛还在诺福克郡——它没有理会，径直向他跑来。接着，他看见警车来了，撒腿就跑。然后，事情发生得太快了，不过我以为前后顺序应该是这样的——那条狗在车子的正前方开始横穿马路，卡罗维先生大喊，对着狗，或者对着车，我不知道对的是哪个。不管怎样，那个侦探突然转向了一边——事后，他在接受质询的时候无力地说，他不能撞狗。于是卡罗维先生倒下了，碎了的镜片，金丝边，银发，还有血，一片狼藉。我们还没近他的身，狗先上去了，它舔着他，呜咽着，舔着他。我看见卡罗维先生抬起一只手，落下来搭在了狗的脖子上，那呜咽声响起来，成了一声愚蠢的宣告胜利的犬吠，但卡罗维先生死了——休克，心脏衰竭。

"可怜的老家伙，"那个侦探说，"我打赌他真的爱那条狗。"没错，他躺着的样子看起来更像在享受爱抚，而非一记老拳。我以为，那是要一拳头打出去的，但那个侦探可能是对的。在我看来，这有点太感人，所以有一点儿不真实，那个老骗子躺在那里，胳膊勾着那条狗的脖子，在换钱的棚屋中间带着他的百万身家死掉了，但在人性的面前，这又是卑微的。他过河来寻东西，毕竟，他要找的可能就是这条狗。它坐在那里，在他身上连声吠叫着它那杂种的愚蠢的胜利，像一尊感伤的雕像：这是他能够到达的离田野，离沟渠，离他家的地平线最近的地方。这个故事滑稽，值得同情，但这个故事并不因这个人死了就少了喜感。死亡不会把喜剧变为悲剧，如果那最后的姿势是一种钟爱之情的表露，我想，它不过是人类自欺欺人能力的又一个表征罢了，我们无根据的乐观主义，较之我们的绝望，要骇人得多。

一九三八年

逃 夜

和往常任何一个晚上一样,她听到父亲在房子里四处走动,关闭门窗。父亲是柏格森出口代理商行的总管。她躺在床上不由厌恶地想到,这个家就如同父亲的办公室一样,事事都按同样的原则运作,小心翼翼地不出丝毫差错,这样他就可以递交一份忠实的述职报告给总经理了。每个周日他都带着妻子和两个孩子,定期在帕克路的那座新哥特式小教堂里呈交报告。他们总是坐在同样的座位上,总是提早五分钟到,父亲高举着一本与眼睛齐高的大号祈祷书,大声唱着赞歌却全然不在调上。"放声欢歌,"他正在上交每周报告——全家安然无恙,"向着乐土前进。"走出教堂,她小心地向砖瓦匠工具铺的拐角处张望,工具铺的大门半小时前就开了,门口有些光亮,弗雷德通常就站在那儿,带着难以自抑的狂喜。

她倾听着:后门关上了,厨房窗户咔哒落鞘的声音传入她的耳朵,还有父亲又往回走的不安的脚步声,他又试了试看看前门是否关上。他不仅关上外门,还关上了空房间的门,浴室的门,厕所的门。他在把什么东西给关到门外,显然这个东西可以穿透他的第一道防线。他的第二道防线一直通到他的床边。

她把耳朵贴在墙壁上,这座城郊住宅建造时偷工减料,墙壁只有薄薄一层,因而她可以听见从隔壁房间传来的微弱的说话声,她越听声音越清晰,仿佛是她在旋转无线电旋钮。母亲说:"……做饭用的人造黄油……"接着父亲说:"……再过十五年就容易多了。"然后传来床板的咯吱声,是隔壁房间里两个陌生的中年人之间模模糊糊的温柔与宽慰的声音。再过十五年,她郁闷地想到,房子就归他了。他付了二十五镑的预付款,其余的作为房租按月支付。美餐一顿之后他总会习惯性地说:"当然,我把房子改造了不少,"然后他期待着至少有一个人会跟着他进书房。"我给这间房子铺了电线,"他返身走过楼下的小卫生间,"这个暖气片",接下来是最后的得意之作,"这个花园"。如果那个晚上天气晴好,他会猛地推开餐厅的法式窗户,窗外是一小片草坪,像大学草地一样被精心呵护。这时他会说道:"一堆砖头,仅此而已。"五年来的每个周六下午以及晴朗的周日都花在修补草皮和花床的围边上了,还有那棵苹果树,每年到时候就会多结一只颜色暗红却淡而无味的苹果。

"的确,我把这座房子改造了不少。"他边说边环顾四周,看看有没有钉子需要敲进去,或者有没有杂草需要拔除。"要是现在就得把它卖了,市面上的价钱应该高于我们已经付出的钱。"这不仅仅是一座房产,而是一种诚信。有些人通过市面交易买了房子,却任由房子破败下去,最后只得拆掉。

她站在那儿,耳朵贴在墙上,娇小、稚嫩的身影有些愤怒。隔壁房间已没有声音了,可是在她耳朵的深处,她依然可以听到房屋主人齐声说话的声音,锤子的敲打声,铁锹的刮擦声,暖气片蒸汽的哨声，转动钥匙声，门闩落鞘声，还有男人们修造路障时发出的零零碎碎的声音。她站在那儿盘算着自己的背叛行动。

现在是十点一刻，还有一个小时她就要离开这座房子，但时间不会太难捱。真没有什么可怕的。他们像往常一样玩了几局三人桥牌，她的姐姐在为第二天晚上的当地舞会改裙子；牌局结束后，她烧了一壶开水，端进一壶茶；然后在几个玻璃水瓶里灌上热水，在她父亲关门时把瓶子分别放到床上去。父亲丝毫没有察觉她是个敌人。

她披上围巾，穿上一件厚厚的大衣，因为夜晚依然很冷。正如父亲在找寻着苹果树上的嫩芽时所评论的，那年的春天来得很晚。她没打包行李箱，那样会勾起她太多有关周末海边度假的回忆，那是全家去奥斯坦德的旅行，他们去过很多次，每次大家都如数回来了。她想跟上弗雷德那奇怪鲁莽的思维方式。这次她不打算回来了。她轻手轻脚地下了楼，穿过逼仄的前厅，打开了门锁。楼上一片寂静，于是她把门在身后关上。

她的心里有了一丝的内疚感，因为她无法将外面的世界锁在这座房子之外。然而当她走到铺砌得很古怪的小道的尽头，内疚感便消失了，她左转沿着马路走下去，这条路修了五年依然还未完工，简直令人不可思议。她跨过房屋之间一道道的沟坎，伤痕累累的田野上长出稀疏的小草，还有成堆的黏土和蒲公英，证明这块土地仍然顽强地存活着。

她走得很快，从一长排车库门前经过，那些车库不大，就像拉丁公墓里的坟墓，褪色相片下面的棺材里躺着相片的主人。夜晚凛冽的空气让她兴奋不已。她在交通指示柱转弯向都已打烊的购物街走去；她已做好一切准备，犹如战争刚刚爆发头几个月时入伍的新兵。所做的选择让她心甘情愿地投入到这个奇怪、兴奋而又宏大的事件中去。

弗雷德如约站在通往教堂那条马路的拐角。他们接吻时她尝到弗雷德嘴唇上的酒精，她很满意地意识到再没有旁人能如此完美地适合这个场景：在灯光下，他神情生动，一副满不在乎的样子，在她看来，弗雷德就是一场奇异而刺激的冒险。他拉着她的胳膊，带着她跑进一条黑漆漆没有路灯的小巷里，然后把她一个人丢在那儿，片刻间，从一个空洞里射出两道汽车灯光，温柔地照在她的身上。她惊呼起来："你弄到一辆车？"她感觉到弗雷德紧张地把她猛地往车那边一拉。"是的，喜欢吗？"他边说边挂上二挡，汽车从一扇扇紧闭的窗户之间开出来，车速在笨拙的换挡中达到最快。

她说："太好了。我们开得远一点。"

"好的。"他说，眼看着速度仪表盘的指针抖动着指向五十五。

"就是说你找到工作了？"

他说："现在没有工作，这里的工作和渡渡鸟[①]一样少。看到那只鸟了没？"他突然问道，他把汽车大灯都开亮了，车正开过转向住宅区的路口，从咖啡馆（"停车小憩片刻"）和鞋店（"拥有一双和你最爱的电影明星一样的鞋子"）中间突然开上了通往乡间

---

① 渡渡鸟是仅产于印度洋毛里求斯岛上一种不会飞的鸟。这种鸟在被人类发现后仅仅200年的时间里，便由于人类的捕杀和人类活动的影响彻底绝灭，堪称是除恐龙之外最著名的已灭绝动物之一。

的路，路边有一间殡葬所，一个巨大的白色天使沐浴在霓虹灯光之中。

"我没看见什么鸟。"

"飞在挡风玻璃上，你没看见？"

"没看见。"

"我差点儿就撞上它了，"他说，"要不然的话就坏事了。就和那些坏蛋一样，撞了人却逃跑了。我们要不要停下来？"他问道。他把仪表盘的灯给关了，这样的话就看不到指针颤抖着指向六十。

"随便你。"她说，依然沉浸在无所顾忌的梦幻里。

"你今晚会爱我吗？"

"当然。"

"再也不回去了？"

"不回去了。"她说，郑重宣布告别锤子的敲打声，门闩的咔哒声，穿着拖鞋放轻脚步四处走动的声音。

"想知道我们去哪儿吗？"

"不想。"一块又小又平的硬纸板朝前撞到绿灯上，接着黑乎乎地飘过。一只兔子转身露出它的短尾巴，又消失在树篱里。他问："你有钱吗？"

"半克朗[①]。"

"你爱我吗？"很长一段时间以来，她在他的双唇上耗尽了一直耐心存储的一切：周日早晨四处张望，饭桌上听到有关他的坏话时

[①] 克朗，英国旧式辅币。1克朗等于5先令，20先令等于1镑。

强作缄默。她要的可不是那副干瘪毫无回应的双唇。他的脚踩下油门，汽车向前一窜。他说："该死的生活。"

她重复道："该死的生活。"

他说："我的口袋里有一个酒瓶。喝一口。"

"我不想喝。"

"那给我一口。盖子是旋上的。"他一只手搭在她身上，另一只手放在方向盘上，他歪过脑袋，这样她就可以把小酒瓶里的威士忌倒入他的嘴里。"你介意吗？"

"当然不介意。"

他说："一个星期十先令的零花钱是存不下来的。我把钱都花在该花的地方。可动了我不少脑筋，得变着花样来。半克朗花在举重上。三先令六便士花在威士忌上。一先令用来拍照片。这样还剩下三个先令买啤酒喝。我一个星期享乐一次，然后就完事了。"

威士忌滴落在他的领带上，双人座的汽车里弥漫着酒气。这让她开心不已。这是**他**的味道。他说："他们对我不满。认为我该找份工作。像那个年龄的人是意识不到根本没有工作给我们这些人干的，永远没有。"

"我知道，"她说，"他们是旧脑筋。"

"你姐姐还好吗？"他突然转换话题。耀眼的车灯照亮了前方的路面，赶跑了匆匆掠过的小鸟和疾走的动物们。

"她明天要去舞会。不知道我们那时会在哪儿。"

他可不能被套出话来。他有自己的盘算，秘而不宣。

"我太爱这样了。"

他说:"这条路旁边有一个俱乐部。在一家路边旅馆里面。米克让我加了会员。你认识米克吗?"

"不认识。"

"米克人不错。他们要是认识你,就会给你上酒喝,一直到半夜。我们进去看看。然后到了早上——我们喝几杯后再想明早怎么办。"

"你有钱吗?"一座小村庄,一座熟睡中的小村庄,门窗都已紧闭,从山坡上飞快地向他们扑过来,仿佛由于山体滑坡被平稳地推到他们刚刚驶过的那片满目疮痍的平原上。一座低矮的灰色诺曼教堂,没有招牌的小旅馆,钟敲了十一下。他说:"看看后面。那儿有件行李。"

"锁上了。"

"我忘了钥匙。"他说。

"里面是什么?"

"几件东西。"他含糊其辞地说道,"我们小坐一会儿,喝两杯。"

"有地方睡觉?"

"有辆车。你不是害怕了吧?"

"不是,"她回答说,"我不怕。只是……"她无法诉说这潮湿阴冷的寒风,这漆黑的夜色,这怪异的氛围,这威士忌酒气,还有开得太快的汽车。她说:"它在动。我们肯定开了很长一段路。这里是真正的乡村了。"她看见一只猫头鹰扇动着毛毛的翅膀,从一片翻耕过的田野上低低地掠过。

"你得再走得远点儿,才能见识到真正的乡村,"他说道,"在**这样**的路上你是看不到的。我们马上就到路边酒吧了。"

他们俩独自相处在这多风的夜晚,令她产生了思乡的情愫。她问:"我们非得去俱乐部吗?我们能不能再往乡村走得远点儿?"

他斜视了她一眼;对**任何**建议,他都来者不拒的,就像是气象仪,任由风向的摆弄。他说道:"当然可以,随你便。"他不再提去俱乐部的事了。没过多久,他们从俱乐部门前飞驰而过,这是一幢长长的都铎式平房,里面灯火通明,人声嘈杂,一座游泳池不知出于什么原因被填满了干草。俱乐部很快被甩在身后,一拐弯那块光斑便悄无踪影。

他说:"我猜这里就是乡村了。他们没有一个人会到比俱乐部还远的地方。现在就我们俩了。对**他们**而言,我们就在这些田地里一直躺到世界末日,不过我想农夫……要是农夫来耕田的话。"他松开了油门,让车速慢慢地降下来。通往农田的一扇木门没被关上,于是他把车拐了进去。他们沿着树篱颠簸了很长一段路,最后才停了下来。他关掉车头灯,两人坐在仪表盘发出的微光中。"真宁静。"他有些心神不安。这时,他们听见一只鸣角鸮[①]在头顶上空觅食,树篱那边发出一阵窸窣声,有什么动物躲了进去。他们属于城市,周围的一切都令他们感到陌生。灌木丛里折断的嫩芽他们叫不出名字。树篱末端是一团黑暗中的树木,他朝着那儿点点头问道:"橡树?"

---

① 鸣角鸮,被视作凶兆预言者。

"榆树？"她问，他们的嘴唇在彼此都无法给出答案的情况下碰触到了一起。亲吻令她兴奋。她已做好准备迎接最胆大妄为的行为了。可是从他的嘴巴，从他带着酒气、干燥的嘴唇上，她感觉出他并不像想象中的那么兴奋。

为了让自己心安，她说道："在这儿真好——远离那些我们认识的人。"

"我敢说米克就在那儿。在路那边不远。"

"他知道吗？"

"没人知道。"

她说："这正是我想要的。你是怎么弄到这辆车的？"

他忍俊不禁地朝她咧嘴一笑。"我从十先令里省出来的。"

"不可能的，到底怎么弄来的？是借别人的？"

"是的。"他说。突然他推开车门说道："我们走走。"

"我们以前从未在乡村里散步过。"她挽着他的胳膊，可她能感受到自己的触摸令对方很紧张。她喜欢这样，她无法判断他下一步会做什么。她说："我父亲把你叫做疯子。我喜欢你的疯狂。这是什么东西？"她用脚踢着地面。

"三叶草[①]，"他说，"是不是？我也不认识。"仿佛身处在异国城市里，看不懂商店的招牌、路标；什么都抓不住，无法固定在这里或那里，只能在一片漆黑的真空中一起飘来飘去。"要不要把车灯打开？"她说，"否则不太好找到回去的路了。也不大看到月亮。"

---

① 三叶草带有生活富裕、养尊处优的寓意。

他们似乎已经下车走了很长一段路,她已经看不清车在哪儿了。

他说:"会找到路的。总有办法的。不用担心。"走到树篱的尽头,他们走进一片树林里。他拉下一根树枝,摸着上面突起的嫩芽苞。"这是什么树?山毛榉?"

"我不认识。"

他又说道:"要是天再暖和点儿,我们可以睡在外面。你就会觉得我们真走运,偏偏就在今晚。不过今晚太冷了,马上就要下雨。"

"我们夏天再来吧。"可是他没有回答。风向变了,她看得出来,而且他已经不再对她感兴趣了。他的口袋里有个什么东西硬邦邦的,咯着她的腰有点儿痛,她把手伸了进去。金属枪管把这次兜风所有的寒冷都吸收了去。她惊恐地压低嗓音说道:"你怎么带着那个东西?"以前对他的放荡不羁她总是能是非分明。每当父亲说他是个疯子时,她总是私底下偷着乐,因为自认为了解他疯狂举动是有分寸的。现在,她等着对方给她一个回答,然而她可以感到他的疯狂在不断地蔓延,她摸不着,也看不见。她看不到它会在哪儿停止,它根本没有尽头,她也无法占有它,正如她无法占有黑暗或者沙漠。

"别怕,"他说,"我本来没想让你今晚就发现它。"他突然变得前所未有的温柔。他把手放在她的胸脯上,他的手指仿佛涌现无尽的柔情,温柔而空洞。他说:"看见没?生活就是地狱。我们什么都干不了。"他的声音很轻柔,可她却从未像现在这样感受到他的肆意妄为。以前风往哪儿吹,他就往哪儿倒,现在风似乎是从东方吹来:言语间似乎夹杂着雨雪。他说:"我一分钱也没有。没钱我们可活不下去。别指望能找到工作。"他反复说道:"现在没有工作可找。每过一年,机会就会更小一点儿,你懂的,因为比我年轻的人越来越多。"

"但是为什么,"她说,"我们已经到了……"

他思路清晰,温柔体贴。"我们彼此相爱,对不对?没有了对方,我们就活不下去。四处晃荡,等着碰上好运气是没用的。我们甚至连个天气好点的夜晚都碰不上。"他边说边用手感受着雨点。"我们今晚可以玩得开心点儿——在车里——然后到了早上……"

"不行,不行,"她说。她努力想挣脱他。"我不行。太可怕了。我从没说过……"

"有些事情是你想不到的。"他的口气温柔缱绻,但又冷酷无情。现在她才反应过来,他所说的话从来没有真正的意义。他不仅受它们的左右,而且任何事情都可以左右他:既然风向已经确定,现在就好比对着抛向天空的碎纸屑大吼或者争吵。他开口说:"当然,我们俩都不信上帝,不过还是有机会,在它的陪伴下,我们俩一起走。"他愉快地又加了一句:"这是场赌博。"这时,她想起他们的铜币叮当落入老虎机①的次数多得数不胜数。

他把她拉得更靠近自己,语气坚定地说:"我们彼此相爱。你明白的,这是唯一的出路。你要相信我。"俨然一个技法纯熟的魔术师,他熟谙争辩的每一个步骤。她不抱希望能在某一点上抓住他的漏洞,除了一点:我们彼此相爱。**对此**,她头一次感到怀疑。面

---

① 老虎机(fruit machine),为一种赌博工具。

对他自大的残忍。他重复道："彼此相伴。"

她说："肯定会有别的办法……"

"为什么**肯定会有**？"

"不然的话，人人都会这么做了——不管在哪儿。"

"他们做了。"他带着胜利的口吻说，仿佛证实自己的论点完美无缺比找到一条活路还要重要。"你只要看看那些报纸。"他说。他柔声细语，很讨人喜爱，似乎他认为只要语气够温柔，就能消除她的恐惧。"他们叫它集体自杀合约。这种事一直都有。"

"我不行。我没这个胆量。"

"你什么都不用做。"他说，"我来干。"

他镇静得让她害怕。"你是说……你会杀了我？"

他说："我爱你才会这么做。我发誓不会弄疼你。"他就像是在劝说她加入到一场微不足道又不合时宜的游戏中去。"我们要永远在一起。"他又颇讲道理地加了一句，"当然，如果有永远的话。"刹那间，她看见他的爱只是一团火焰，摇曳在他深不见底的不负责任的沼泽上，然而她现在意识到他的轻率毫无节制。她恳求道："我们可以卖东西换钱。那个箱子。"

她知道他一边看她，一边在偷乐，还知道他已经把她所有的争辩都预演过，并且都有了答案。他只是假装和她一本正经地交谈。他说："我们可以卖十五先令，靠这笔钱我们可以活一天——不过我们就没法找乐子了。"

"箱子里的所有东西？"

"啊，那是另一场赌博了。那些东西或许值三十先令。三天，靠那些东西——还得精打细算。"

"我们可以找份工作。"

"我都已经找了好几年了。"

"不是还有失业救助金嘛?"

"我不是上了保险的工人。我属于统治阶级。"

"你的人,他们或许可以给我们点什么。"

"可是我们有自尊的,不是吗?"他听上去颇有些懊悔,不再那么自大了。

"那个借你车的人?"

他说:"你还记得科特斯吗?那个自断后路的家伙。我也断了自己的后路。我**非得**杀了自己不可。你瞧,这辆车是我偷来的。到了下一个小镇我们就会被拦下。现在回去也来不及了。"他哈哈大笑,他已经达到了辩论的高潮,再没有可争辩的了。她看得出他对自己的表现称心如意,非常高兴。这把她激怒了。"**你非做不可**,或许吧。可我不必。我干吗要自杀?你有什么权力……"她从他身边挣脱开来,背后是生机勃勃的大树,树干粗糙而结实。

"哦,"他恼羞成怒,"当然可以,如果你没我也行的话。"他的自负曾经令她欣赏不已。对待自己的失业,他一直表现得不卑不亢。如今你无法再称之为自负:完全没有任何价值了。他说:"你可以回家,不过我不知道你怎么回去——我没法开车送你回去,因为我得呆在这儿。明晚你可以去参加舞会。不是有惠斯特牌局吗,就在教堂里?亲爱的,我祝你回家之旅愉快。"

他的举止透露出一种野蛮。他小心地措辞,力求显得没有恶意，语气平静而有条理，这反而让她有了少许的内疚，为他们曾一起嘲笑过的：一把锤子在敲打她的心，把钉子一根根敲进去。她试图想出激烈点的反驳，毕竟总可以说出些诸如不要伤害、日子总会过得下去之类的无伤大雅的话来，比如她的父亲还要再熬十五年。可一转念之间，她不生气了。他们彼此都在诱骗对方。这是他一直想要的：黑黢黢的田野，口袋里的武器，逃离还有赌博；而她或多或少想同时拥有两个世界：任性而又有安全感的爱情，危险而又可靠的心。

他问："我现在走了。你来吗？"

"不。"她回答道。他犹豫了一下，在那一刻他的轻率不羁摇摆了。一种迷失、困惑的感觉穿透黑暗向她袭来。她想说：别犯傻。把车丢在这儿，和我一起走回去，我们可以搭车回家。可是她知道她脑海里的任何一个念头也曾出现在他的脑海里，而且早已有了答案：十先令过一个礼拜，没有工作，年纪一天天增大。忍耐是父辈的美德。

他突然迈开步子，迅速地顺着树篱走下去。他看不清前面的路，被一个树根绊了一下，她听见他骂骂咧咧的。"该死的"——黑暗里这再普通不过的声音让她痛苦不已，惊恐万分。她大声叫道："弗雷德。弗雷德。别这么干。"她向相反方向跑去。她无法阻止他，她不想听到那个声音。脚下一根树枝"啪"地折断了，好像枪声，猫头鹰厉声尖叫着越过树篱，从耕地上掠过。这场景仿佛是音效的排演。但是，当枪响真正传来时，情况大不相同："砰"的一声，仿佛一只戴着手套的手在敲门，根本没有叫喊声。一开始她并没有留意到，而事后她觉得，对于她的爱人生命停止的确切时刻，她并没有真正察觉到。

她盲目地奔跑着，撞到车上，擦破了皮；借着仪表盘的微光，可以看见一方蓝点的伍尔沃斯牌手帕躺在座位上。她差点儿把手帕拿走，但是慢着，她想，不能被人发现我来过这儿。她熄灭了灯光，找准了路，轻手轻脚地穿过三叶草草地。一旦她安全了，她会感到难过的。她想关上身后的门，插上插销，听到落销的声音。

不到十分钟她就走下那条荒废的小道，来到了路边酒吧门前。微醺的声音说着陌生的语言，正是弗雷德所说的语言。她能听见老虎机叮叮当当，苏打水嘶嘶作响。她如同勘察敌情一般倾听这些声音，谋划着如何逃跑。他们头脑空洞，令她骇然；这样的自负毫无吸引力，仅仅是为了满足欲望而已；它张着血盆大口瞪着她。一个男人正试图发动汽车，自动启动装置不起作用。他说："我是左翼分子。我当然是个左翼分子。我相信……"

一个瘦瘦的红发女孩坐在台阶上，看着他。"你弄错了。"她说。

"我是右翼自由派。"

"你**不可能**是右翼自由派。"

"你爱我吗？"

"我爱的是乔。"

"你**不会**爱乔的。"

"我们回家吧，迈克。"

那个男人又试了一次点火，于是她走上前，装作刚从俱乐部里走出来的样子说:"能让我搭个便车吗?"

"当然可以。很荣幸。上来吧。"

"车启动不了?"

"是的。"

"你有没有灌水……"

"说的没错。"他掀开引擎罩,她按下自动点火按钮。天开始下雨,一开始是淅淅沥沥的小雨,接着越下越猛,倾盆而下,这种大雨人们通常认为只有在墓地才会见到,这让她的思想回到了那条小路,向着田野走去,树篱,小树林——是橡树,山毛榉,还是榆树?她想象着雨水落在他的脸上,两只眼窝积满了雨水,顺着鼻翼两侧涓涓流下。然而她只感到高兴,因为她终于从他身边逃离开了。

"你们去哪儿?"她问。

"迪伟齐斯。"

"我还以为你们要去伦敦。"

"**你**要去哪儿?"

"戈尔丁花园。"

"我们就去戈尔丁花园。"

红头发女孩说:"我要进去了,迈克。下雨了。"

"你不走吗?"

"我去找乔。"

"好吧。"他跌跌撞撞地把车开出狭小的停车位,转弯时汽车的挡泥板撞到了木桩子上,还蹭掉了另一辆车的车漆。

"走错路了。"她说。

"那就掉头。"他把车倒进一条沟里，又开了出来。"聚会很棒。"他说。雨越下越大，模糊了挡风玻璃的视线，自动雨刷也不起作用，几乎什么都看不见，可是她的同伴一点儿也不介意。他以四十码的速度笔直朝前开。这是辆老爷车，管不了多大作用，车篷在漏雨。他说："扭一下旋钮。听点儿什么。"她转动了一下旋钮，一支舞曲传了出来。他说："那是哈利·罗伊。哪儿的人都知道他。"开着车行进在湿气浓厚的夜晚，一路听着火爆的音乐。他立马又说："我一个朋友，一个最好的朋友，你应该认识他，皮特·韦瑟罗尔。你认识他？"

"不认识。"

"你得认识下皮特。最近不大看到他。好几个礼拜出去喝酒。有一次在放舞曲时，他们给皮特发出 SOS 信号——《离家》。我们当时都在车里，我们笑了好一会儿。"

她说："人们通常会那么做……如果有人失踪了？"

"听过这个曲子，"他说，"这个不是哈利·罗伊。是埃尔夫·科恩。"

她猛然问道："你是迈克，对吗？你能不能借……"

他清醒起来。"穷光蛋一个，"他说，"落魄的战友。试试皮特。你为什么要去戈尔丁花园？"

"我家在那儿。"

"你是说你住在那儿？"

"是的，"她说。"小心点儿。这里有限速。"他现在变得非常听话。他松开油门，车速保持在十五码，慢速前进。摇晃的路灯灯光迎面照射过来，照亮了他的脸庞：他已经有些年纪了，四十岁，和弗雷德差不多大，或许大十岁。他戴了一根条纹领带，看得出他的袖口都磨边了。他一周的零花钱不止十先令，但也多不到哪里去。头发也开始变得稀疏。

"你就把我放在这儿吧。"她说。他停下车，于是她下了车，雨仍在下着。他跟着她走到马路上。"让我进去吗？"他问。她摇摇头。大雨把他们浑身都淋透了。在她身后是一座邮筒，一个交通指示灯，一条穿过住宅区的马路。"该死的生活。"他握着她的手，谈吐斯文，如注的大雨滴滴答答地敲打着廉价汽车的车顶，雨水顺着脸颊流下，流过衣领，流过高中领带。可她不仅既一点儿不觉得他可怜，也不觉得他有魅力，反而有一丝的害怕与反感。在他淋湿的眼睛里闪着一种朦胧的放荡不羁，正如从车里流淌出的埃尔夫·科恩乐队火爆的音乐，一种隐约的毫不负责的态度。"我们回去吧，"他说，"到别的地方转转。到乡下兜兜风。我们去梅登黑德。"他轻轻地握着她的手。

她把手抽了出来，而他没有坚持。她沿着修了一半的马路向64号走去。前花园那条愚蠢的铺石路面牢牢地抓住她的双脚。她推开大门，透过黑暗和雨声，她听见汽车推上二挡，开走了——当然，既不是开往梅登黑德，也不是迪伟齐斯，更不会去乡下。风向一定变了。

她的父亲站在二楼楼梯口喊道："谁在哪儿？"

"是我。"她回答道。她解释说："我觉得你没把门关好。"

"没关好吗？"

"是的，"她柔声说道，"现在关得很牢。"她把插销轻轻地、牢牢地插到位。等到父亲的房门关上之后，她触摸着暖气片，捂热手指——这是他亲自安装的，他把房子的不少地方改造了。再过十五年，她想，房子就会是我们的了。听着雨打房顶，她不再感到痛苦；那个冬天他一片瓦一片瓦地修整着屋顶，哪儿都不会漏雨。大雨被关在门外，任由雨水敲打着破旧的引擎盖上，在三叶草地上砸出一个个小雨坑。她倚门而立，想到自己以前总是对懦弱、残破感到反感厌恶时，不由地暗自思量："这根本算不上是悲剧。"她满怀柔情地低头看着从六便士店里买来的不堪一击的插销，任何人都可以破门而入，但那是柏格森商行的总管装上去的，一个**男人**。

一九三七年

纯　真

　　把罗拉带到这里是个错误。我们从乡村的小车站刚一下火车，我就意识到了这一点。比起一年里的其他日子，秋日的夜晚更多地唤起人们对童年时光的回忆。她精心粉饰的面容光彩照人，那只小小的手袋很难装下我们过夜的东西。而这一切都与眼前的情景格格不入：小小的运河对岸老旧的谷仓，山上寥寥的灯光，老电影海报。她说："我们到乡下去吧。"于是，比绍亨德伦是我首先想到的地方。现在那里已没人认识我，而且我也从没想过我居然还能记起这个地方。

　　年长的搬运工居然也能触动心弦。我说："出口有四轮出租马车。"那里确实有，不过一开始我并没有留意到，当时我看见两辆出租汽车，心里想："这个古老的地方也在发展呢。"天色幽暗，笼罩着秋日薄薄的迷雾，树叶与运河水散发出的潮气味真是再熟悉也不过了。

　　罗拉说："你怎么挑选了这么一个地方？这里太凄凉了。"犯不着徒费口舌和她解释在我看来这里一点儿也不凄凉，运河边的那个沙堆就常年堆放在那儿。（记得我三岁的时候，一直认为那就是别人所说的海滩。)我拎起包(我说过包很轻,那只是用来表示尊重的一份伪造护照而已),告诉她我们步行去。我们俩爬上一座拱形桥,从救济院门前走过。五岁的时候,我曾目睹一个中年人跑进一家救济所自杀。他当时手里握着刀子,邻居们在楼梯上追赶着他。她又说:"我从没想到乡下会是**这个**样子。"救济院丑陋不堪,像是一只只狭小的灰色石头盒子,然而我对它们一无所知,如同我对别处也知之甚少。这段漫步好比在聆听一支乐曲。

可我总得对罗拉说些什么。她和这里完全属于两个世界,这并不是她的错。我们走过了学校和教堂,一转弯进入宽敞的老商业大街,人生第一个十二年的感觉迎面扑来。如果我没回到这里,我是不会知道这种感觉竟然如此强烈,毕竟那些年的日子没什么特别,不好也不坏。当年普普通通的岁月如今带着柴火的烟味儿,带着黑暗中潮湿的铺路石沁出的凉意,我想我知道是什么抓住我了。那是纯真的味道。

我对罗拉说:"这家小旅馆不错,你等会儿会发现,这里再没有什么值得看的了。我们吃过晚饭,喝点酒,然后就睡觉吧。"可是最糟糕不过的是,我情不自禁地希望我是一个人来的。这么多年我都没回来过,以前从未意识到对这个地方我仍旧记忆犹新。那些我已完全遗忘的东西,比如沙堆,带着伤感与怀旧又回来了。那个夜晚,我原本可以在悲秋的感伤中愉快地漫步在小镇里,尽管我们都很痛苦,但我们依然有所期待。下次再回来,情况将大不相同,因为那时会想到罗拉,而罗拉对我而言,毫无意义。我们前一天碰巧在酒吧里遇见,彼此都有好感。罗拉还不错,我很乐意和她共度那一夜的良宵,可她与**这些**回忆格格不入。我们应该去梅登黑德。那也是乡村。

小旅馆和我的记忆并不相符。市政厅还在那儿,可他们新建了一家电影院,屋顶是摩尔式圆顶,里面有一间咖啡馆,还有一间车库,这些当年都不曾有过。在我的记忆地图里也不曾有路可以左拐后通向别墅林立的山上。

"我小时候可没有这条路。"我说。

"你小时候?"罗拉问。

"我没告诉过你?我出生在这儿。"

"带我来这儿,你肯定很兴奋,"罗拉说,"小男孩会常常憧憬着今晚这样的情景。"

"可不是嘛。"我说,因为这不是她的错。她挺好的。我喜欢她身上的味道。口红的颜色很漂亮。我破费了不少,带罗拉出来要五英镑,还有所有的账单、开销和酒水,可我认为这些钱也会花在别的地方的。

我在山脚下徘徊着。有什么东西令我怦然心动,如果那群孩子们不是在那一刻从山上下来,冲进冷冽的路灯灯光中,我可能就想不起来那到底是什么。孩子们的声音尖锐而刺耳,灯光照射出口中喷出的热气。他们都背着亚麻布书包,有些孩子的书包上还绣着姓名的首字母。他们穿着最好的衣服,显得有些不自然。小女生们紧紧地守着自己的小团体,独来独往,让人想起发带、亮闪闪的皮鞋和钢琴舒缓的叮咚声。所有的一切都回来了:他们是去上舞蹈课的，我以前也曾上过，在一间小小的正方形屋子里，坐落在上山半道的地方，一条开满了杜鹃花的车道旁。那时我真希望罗拉没和我在一起，她与此情此景太不相宜了，我感到"缺失了某种东西"，而我的心底在隐隐作痛。

我们在酒吧小酌了几杯，还有半小时他们才同意上晚饭。我对罗拉说："你肯定不想被我拖着在镇里逛。你要是不介意的话，我溜出去十分钟，看看我以前认识的一个地方。"她不介意。酒吧里有个当地人，或许是个校长，一直渴望能请她喝一杯。我看得出他有多羡慕我，羡慕我能把她从城里带出来，在外面过一夜。

我向山上走去。第一排的房子都是新盖的。我恨死那些房子。它们把我记忆中的田地和大门都覆盖掉了。就像一张地图放在口袋里弄湿了，纸张都粘在一起；当你打开地图，上面覆盖着别处的碎片。走到半路，就在那儿，那座屋子，那条车道。也许还是那个老太太在教课。孩子总是高估别人的年龄。那时候她可能还不到三十岁。我能听见钢琴声。她仍然遵循着旧时的日程。八岁以下的学童，下午六点到七点。八到十二岁的学生，七点到八点。我推开大门，往里走了几步。我尽力地回想着。

不知是什么唤回了记忆。我想仅仅是因为这秋天的季节，这沁人的寒意，这潮湿的霜叶，而不是那架当年弹奏出不同曲调的钢琴。我自然而然地想起了那个女孩，就如同无需照片便能想起某个人一般。她比我大一岁：她肯定刚好八岁。对她的爱之深，我相信，从她之后，我再也没有体验过。至少我再也没犯过对孩子的爱恋大加嘲笑的错误了。总要有可怕的不可避免的分离，因为不**可能**满足。当然可以编造诸如家里失火、战争遗孤等故事，以坚强者的姿态博得她的青睐，但无法憧憬婚姻。不用教也会知道那样的事情是不会发生的，然而明白这一点并不能减轻一个人的痛苦。我想起在生日派对上玩那些捉迷藏游戏时，我徒劳地想要抓住她，这样我就有了借口去碰她，去抓着她。但我从未抓住过她，她总是躲着我。

不过，有两个冬天的每一周，我的机会来了：我和她一起跳舞。事情更糟糕了（这断绝了我们唯一的接触），在那年冬天的最后几节课上，她告诉我下一年她将上高一年级的舞蹈班。她也喜欢我，我知道的，只是我们无法表达。我常去参加她的生日派对，她也会参加我的生日会，可是舞蹈班下课后，我们从没有一起回家过。这有点怪，但我们从没意识到。我不得不加入那群男孩子帮里，吵嚷着捉弄人，而她是在下山的路上被围攻、被推搡的女生，愤慨地尖叫着。

孤立在迷雾中，我瑟瑟发抖，便竖起了衣领。钢琴正在演奏查尔斯·科克伦①滑稽戏里的一支舞曲。似乎走了很长一段旅程，到了终点只是发现罗拉而已。对于少年青涩，一定**有**什么东西令人永不甘心丢弃。如今我一旦对某个女孩不满意，我只要再去花钱找另一个就可以了。而那时我能想到最好的办法就是把我炽烈的情感写在纸上，然后塞进木制大门的一个洞眼里（我开始记起所有的事

---

① 查尔斯·科克伦（C.B.Cochran），英国戏剧家。

情，这真是太了不起了）。我曾告诉过她门上有个洞，我深信早晚有一天她的手指会伸进洞里，然后发现那张纸条。我不记得那张纸条写了些什么。我知道在那些年人们无法表露太多的情感，但不充分的表白并不意味着那时的痛苦就比现代人的感受来得浅显。我清楚地记得，每当我发现那张纸条原封未动时，好几天我的心情都一落千丈。接下来，舞蹈课停了。或许是第二年冬天我忘了。

我走到门外，看看那个洞是否还在那儿。还在。我伸进手指，岁月嬗变，季节更替，在这个安全的庇护所里，纸片安然无恙。我掏出纸条，打开它。然后我擦亮一根火柴，迷雾与夜色中燃起一簇温暖的微光。借着微弱的光亮，我看见上面画着赤裸裸的色情图画，我大为震惊。没错，上面画着一个男人和一个女人，笔法幼稚，在这似是而非的画像下面，是我名字的首字母缩写。可是，它所唤起的记忆远不及口中的热气、亚麻布书包、湿漉漉的树叶或者沙堆所唤起的记忆来得多。我一时想不起曾画过这张画，也许是一个头脑肮脏的陌生人在厕所墙上画的。我所能记起的只有那份情感的纯真、炽烈和痛苦。

最初我感觉自己似乎被背叛了。我对自己说："毕竟罗拉与这里也并非完全不协调。"可是那天晚上，当罗拉在我旁边背过身去，很快睡着时，我开始明白那幅画的纯真。当时的我认为这幅画情深意美。只是当我觉得这幅画不堪入目时，三十年的光阴已然逝去了。

一九三七年

地下室

一

大门在那两人身后关上,男管家贝恩斯转身走向漆黑沉闷的大厅,这时,菲利普的生活才开始鲜活起来。他站在儿童室的门口,侧耳聆听,终于他听到出租车的引擎声渐渐消失在大街上。他的爸爸妈妈出门度假两周,这是确凿无疑的。而他目前正处于"保姆空档期",前一个刚被打发走,而接替的新保姆还没到任。他独自一人和贝恩斯管家夫妇住在贝尔格莱维亚①大宅子里。

他可以想去哪儿就去哪儿,可以穿过绿色粗呢门去餐具室,还可以下楼去地下室客厅。在自己家里,他觉得像是一个快乐的陌生人,因为他可以去任何一个房间,而且所有的房间都空无一人。

可以猜得到谁曾住在这些房间里:吸烟室里象牙旁边的烟斗架,木雕烟草罐;卧室里粉红色的帷幔,淡淡的香水,还剩下三分之一的面霜,贝恩斯太太还没拿走给自己用;会客厅里从来未曾打

---

① 贝尔格莱维亚(Belgravial),伦敦的上流住宅区,近海德公园。

开的锃亮的钢琴，瓷质大钟，蠢笨的小桌几和银器。不过这时贝恩斯太太已然忙碌起来，她拉下窗帘，给椅子套上防尘罩。

"别待在这儿，菲利普少爷。"她恼怒地看了他一眼，她来回走动，把东西归置齐整，一丝不苟，不带任何情感，只是尽职而已。

菲利普·兰恩下楼推开绿色粗呢门。他看了看餐具室的里面，贝恩斯不在，于是他第一次踏上通往地下室的楼梯。他再次有种感觉：这才是生活。他七年的日子都在保姆的看护下，这奇怪陌生的经历让他颤抖。塞满信息的大脑如同一座城市，仍能感受到远处地震所带来的冲击。他内心惶惑不安，但前所未有地快乐。一切都比过去更有意义。

贝恩斯身着衬衫，在看报纸。他说："进来，菲尔，请自便。稍等片刻，我这就尽地主之谊。"他走到一个干净的白色橱柜，拿出一瓶姜汁啤酒和半只邓迪蛋糕。"早上十一点半，"贝恩斯说，"现在是营业时间，我的孩子。"然后他切了蛋糕，倒了一杯姜汁啤酒。他比菲利普以前所了解的还要随和，更加自在，犹如房子的主人。

"我要去喊贝恩斯太太来吗？"菲利普问道，他很高兴听到贝恩斯说不必了。她还在忙。她喜欢忙个不停，所以为什么要干扰她继续享受呢？

"十一点半喝上一口，"贝恩斯边说边给自己倒了一杯姜汁啤酒，"可以让你胃口大开，吃得下一块排骨，大有裨益。"

"排骨？"菲利普不解地问。

"老科斯特人的说法，"贝恩斯答道，"他们管所有的食物都叫排骨。"

"但是并不是排骨?"

"呃,可能是,你知道,如果用棕榈油烧的话。再加一点番木瓜。"

菲利普看着地下室窗外的院子,院子由石头铺成,地面很干燥。还有垃圾桶,栅栏外头走来走去的双腿。

"那里热吗?"

"啊,是你从未体验过的热。让人不舒服的热,记住,不像你在这种天气里在公园感受到的这种热。太潮湿了。"贝恩斯说,"腐烂。"他给自己切了一片蛋糕。"腐臭味。"贝恩斯继续说道,翻滚着眼球,打量着地下室,从干净的橱柜再回到干净的橱柜,神情茫然,仿佛无处躲藏一个男人的秘密。他深深地吸了一口啤酒,一副仿佛丢失了什么东西而遗憾的样子。

"爸爸那时为什么要去那么远的地方住?"

"那是他的工作,"贝恩斯解释说,"就像现在这是我的工作一样。那时也是我的工作。男人的工作。你现在还不相信,但我曾经手下有四十个黑奴,都听我的吩咐。"

"那你为什么走了?"

"我娶了贝恩斯太太。"

菲利普手里拿着一块邓迪蛋糕,一边在屋子里转着,一边大口地吃着。他感觉自己长大了,独立了,可以明断是非了;他能意识到贝恩斯是以男人对男人的方式和他交谈。他从没喊过他菲利普少爷,而贝恩斯太太一直这样喊他,她时而威严时而卑躬谄媚。

贝恩斯见识过世面,他看到过栅栏以外的世界。他坐在那儿,端着姜汁啤酒,仿佛一个听天由命的流亡者;贝恩斯从不抱怨;命运由他自己选择的,如果贝恩斯太太就是他的命运,那也只能怪他自己了。

可是今天——大宅子里几乎空荡荡的,贝恩斯太太在楼上,现在又无事可做——他的语气便强硬起来。

"如果可能的话,我明天就回去。"

"你用枪杀死过黑奴吗?"

"我没有必要开枪,"贝恩斯说,"当然,我身上带着枪。不过没有必要虐待他们。那样做反而使他们更摸不着头脑。"贝恩斯尴尬地低头看着啤酒,脑袋上的头发稀疏而花白。"哎呀,我喜欢那几个该死的黑人。我情不自禁地喜欢上他们。在那儿,他们开怀大笑,手拉着手;他们喜欢接触对方的身体;知道有人在旁边让他们感觉舒服。我们无法理解,两个人会一整天手拉着手到处走,成年男人;不过那不是恋爱;我们无法理解。"

"吃饭前吃东西,"贝恩斯太太说,"你妈妈会怎么说,菲利普少爷?"

她从陡峭的楼梯上下来,进入地下室,手里满是些瓶瓶罐罐、面霜、药膏、乳霜和面膜之类的东西。"贝恩斯,你不该怂恿他。"她说。坐在一把柳条扶手椅上,她眯着阴郁的小眼睛,看着蔻蒂口红,旁氏面霜,蕾契娜胭脂,西克兰脂粉,还有伊丽莎白·雅顿爽肤水。

她一个接着一个把它们扔进废纸篓。她只留下了雪花膏。"讲点儿故事给孩子听。"她说,"菲利普少爷,去儿童室吧,我去做午饭。"

菲利普爬上楼梯，走到绿色粗呢门前。他听见贝恩斯太太的声音如同噩梦里当烛光在托盘里摇曳，窗帘摆动时会出现的声音；尖刻、刺耳、凶恶、无所顾忌、无遮无掩。

"贝恩斯，你的作法真让人恶心死了，宠坏了那个孩子。你应该做点儿家务活。"他没听见贝恩斯的回答。他掀开绿色粗呢门，像一只地底下的小动物一样钻了出来，他穿着一条灰色的法兰绒短裤，走进洒满阳光的镶木地板上，镜子反射出一道光亮，贝恩斯太太为这些镜子擦灰，抛光，美化。

楼下有什么东西摔碎了，菲利普难过地爬上楼梯，向儿童室走去。他可怜贝恩斯；他想到如果贝恩斯太太被人叫走的话，那么他们就可以开心地在这座空房子里生活了。他不想玩曼卡诺玩具套装，他不愿拿出火车或者士兵。他手托着腮坐在桌子旁：这就是生活。突然他有了一个念头，自己该为贝恩斯做些什么，仿佛自己就是房子的主人，而贝恩斯是个上了年纪的仆人，需要关照。没什么好做的，他决定至少要对他好一点儿。

贝恩斯太太午饭的时候表现得很殷勤，他对此并不感到吃惊；他已经习惯了她的喜怒无常。"再吃块肉，菲利普少爷"，"菲利普少爷，再多吃点儿这么好吃的布丁"。是他喜欢的布丁，昆西布丁放在完美的蛋白酥皮卷上，但他不会吃第二份的，否则她会把这看做是种胜利。她是那种认为任何不公平都可以用好吃的东西给抵消掉的女人。

她脾气很坏，但她喜欢做甜食，让人从来无法抱怨果酱少了或者李子少了。她自己很会吃，在蛋白酥皮卷和草莓酱上放绵白糖。地下室窗户射入一半的光线，照亮了她浅色头发上飘浮的尘埃，如同她筛糖粉时扬起的粉末，贝恩斯面对盘子缩着身体，一言不发。

菲利普再次有了使命感。贝恩斯期盼着他这么做，而贝恩斯失望了：一切都被搞砸了。这种失望的感觉菲利普是感同身受的，他比任何人更能体会到这种痛苦，期待中的事情没有如愿发生，答应过的事情却未能兑现，令人兴奋的事情最终变得平淡无奇。"贝恩斯，"他说，"今天下午能带我出去散步吗？"

"不行，"贝恩斯太太说，"不可以。他不能去。还有银器要擦。"

"工作第一，娱乐第二。"

贝恩斯太太又享用了一些蛋白酥皮卷。

贝恩斯放下手中的汤匙和叉子，一把推开他的餐盘。"真该死！"他说。

"发火了，"贝恩斯太太说，"发火了。贝恩斯，看你还敢再砸东西。在孩子面前我不会骂你。菲利普少爷，你要是吃完了就走吧。"

她把布丁上剩下的蛋白酥皮卷都刮掉了。

"你去休息下。"

"我想出去散步。"

"菲利普少爷。"贝恩斯太太说。她站了起来，剩下蛋白酥皮卷没吃完，瘦削的身影威吓地向他走过去，地下室里尘埃飞扬。"菲利普少爷，听话。"她拉过他的胳膊，捏了一下。她注视着他，眼神激动发亮,却不是喜悦的激情。头顶上传来打字员们笨重的脚步声,他们吃完了午饭又回到了维多利亚式办公室里。

"我为什么不能去散步?"

可是他的语气不再那么强硬。他害怕了,并且为自己的害怕而感到羞愧。这就是生活,一种不为他理解的奇怪的情绪在地下室里涌动。他看见一小堆碎玻璃被扫到废纸篓旁边的角落里。他求助地望着贝恩斯,然而只截获到仇恨的信息。栅栏后悲伤无望的仇恨。

"我为什么不能?"他又问了一遍。

"菲利普少爷,"贝恩斯太太说,"听话。你不要以为就因为你爸爸不在家,这里就没人会……"

"你不敢。"菲利普叫了起来,贝恩斯轻声插了一句话,把他吓了一跳:

"没她不敢干的事情。"

"我讨厌你。"菲利普冲着贝恩斯太太叫嚷。他挣脱了她,向门口跑去,但她抢先了一步;她上了年纪,但动作迅猛。

"菲利普少爷,"她说,"你要道歉。"她站立在门前,激动得浑身发抖。"要是你爸爸听到了你说的话,他会怎么样?"

她伸出一只手去抓他,那只手又干又白,总是沾着苏打粉,指甲剪得很尖利,可他后退回去,退到桌子后面,突然,令他吃惊的是,她居然笑了,她又变回卑躬的样子,就像她刚才气势汹汹一样。"菲利普少爷,你去吧,"她开心地说,"我看在你爸爸妈妈回来之前,事情多得够我忙得团团转了。"

她让开了路,当他从她身边走过时,她开玩笑地拍了他一下。

"我今天事情太多,顾不上找你麻烦。还有一多半的椅子没有罩上。"突然间,甚至连房子的上半层对他来说也变得难以容忍,因为他想到贝恩斯太太会在那里走来走去,给沙发套罩子,给家具铺上防尘罩。

于是他不打算上楼去拿帽子,而是直接穿过闪亮的大厅走到街上,他东张张西望望,这就是他所处的生活。

二

橱窗里纸质桌巾上摆放着粉红色的糖霜蛋糕,火腿,厚厚的酱紫色香肠,一只只黄蜂好似小型的鱼雷从窗格前掠过,这情景引起了菲利普的注意。走在人行道上,他的脚走得很累。他一直怕过马路,只会一开始从这边走,接着从另一边走。他快到家了,广场就在大街的另一头,这是皮姆利科区寒酸破败的边缘地区。他把鼻子紧贴在窗格上找寻甜点,让窗玻璃一片模糊。在蛋糕与火腿之间,他看见了一个不一样的贝恩斯。他几乎没认出那双球形的眼睛和光秃秃的前额。这是一个快乐的,勇敢的,富于冒险的贝恩斯,甚至还是,如果瞧得再仔细点儿的话,一个绝望的贝恩斯。

菲利普从没见过那个女孩,但他想起来贝恩斯有个侄女。她人很清瘦,神情疲惫,身穿一件白色的雨衣。她对菲利普而言毫无意义,她来自一个他一无所知的世界。他编不出和她相关的故事,而他却可以把他们编成菱顿的常务秘书赫伯特·里德爵士,或者编关于文斯·达德利夫人的故事，她每年一次从萨福克的彭斯坦利过来，手里总是拎着一把绿色的伞和一只硕大的黑色手提包，他还可以编所有他去喝过茶、玩过游戏的房子里上等仆人的故事。而她不属于那个世界。他想起了美人鱼和水精灵，但她也不属于那儿，不属于爱弥儿①的探险。她坐在那儿，神情疏离地看着冰镇的粉红色蛋糕，看着贝恩斯放在两人之间大理石桌面上用了一半的脂粉盒。

贝恩斯在催促，在希冀，在恳求，在命令，而女孩看着茶和瓷质茶壶，哭了。贝恩斯递过去一块手帕，可她不肯用它擦眼泪；她把手帕攥在手心里，任由泪水滑落下来，什么也不做，什么也不说，一味地以沉默来对抗她害怕却又想要但又拒绝听到的话语。两个脑袋在茶杯的上方斗争着，相爱着。菲利普站在火腿、黄蜂和灰蒙蒙的皮姆利科的窗格外面，这相互搏斗的一幕令他困惑不解。

他满是疑惑，不明白出了什么状况，很想弄清楚到底怎么了。他走到门口想看个清楚，这样他便失去了遮挡物。别人的生活生平第一次触动了他，影响了他，塑造了他。他将永远无法避开这个场景。一个礼拜之后他便忘了这件事，然而它却潜移默化地影响了他今后的事业，他一生都过着俭朴节制的生活。他富有而孤独地死去，听说在临终之际，他问道："她是谁？"

贝恩斯赢了，他喜气洋洋，而女孩也开心不已。她擦去了泪

---

① 爱弥儿（Emil），卢梭名著《爱弥儿》的主人公。在此书中，卢梭通过对他所假设的儿童爱弥儿的教育，来反对封建教育制度，阐述他的资产阶级教育思想。

水,打开了粉盒,他们的手指穿过桌子碰在一起。突然一个念头闪现在菲利普脑子里,如果他模仿贝恩斯太太的声音,在门口叫一声"贝恩斯",那情景一定会很有趣。

他的喊声令他俩束手无策,难以用别的词汇来描述那个场景,两个人的身形都缩小了,立刻分开来。首先是贝恩斯反应过来,寻着声音看过去,但两人再也回不到原先的状态中了。那个下午,木屑漏了一地,事态已无法挽回,菲利普害怕了。"我不是想要……"他想说的是他爱贝恩斯,他原本想取笑一下贝恩斯太太。但是他发现没人可以做得到拿贝恩斯太太取笑。她不是赫伯特·里德爵士,不会用着钢制的笔尖,不会口袋里随身带着擦笔布;她不是文斯·达德利夫人;她是风吹灭夜烛时,迎面袭来的黑暗;她是墓地里一块冰冻的土块,一年冬天,他曾听到有人说:"得用电钻才行";她是彭斯坦利小衣橱里腐烂发臭的残花。没有可以取笑之处。如果有她在场,你就得忍受她,她要是不在眼前,就得尽快地忘掉她,尽量不去想起她,把她压到心底最深处。

贝恩斯说:"原来是菲尔。"招呼他进来,把女孩没动过一口的粉红色冰霜蛋糕递给他,然而那个下午的气氛已经被破坏了,蛋糕吃在嘴里就像干巴巴的面包。女孩立刻就起身走了,连粉盒都忘了拿。她穿着白色的雨衣站在门口,背对着他们,犹如一根冰柱,融化在午后。

"她是谁?"菲利普问,"是你侄女吗?"

"哦,是的,"贝恩斯说,"就是她,我侄女,"他把最后几滴水倒在茶壶里粗糙的红茶叶片上。

"再喝一杯。"贝恩斯说。

"来杯带劲儿点的。"他看着壶嘴再也流不出苦涩的红茶,绝望地说。

"来杯姜汁酒,菲尔?"

"对不起。对不起,贝恩斯。"

"不是你的错,菲尔。哎呀,我宁愿相信是她的错,而不是你的错。她的魔影无处不在。"他从杯子里捞出两片茶叶,摊在手背上,薄薄的叶片上连着硬硬的茶叶梗。他用手拍打它们:"今天,"茶叶梗脱落了下来,"明天,星期三,星期四,星期五,星期六,星期天。"可以叶片不为所动,仍然呆在原地,在一次次的敲打下脱去了水分,倔强得令人难以置信。"坚强的人才会赢。"贝恩斯说。

他站起身来,付了账单,他们来到大街上。贝恩斯说:"我不会要求你说谎。但你其实不必**告诉**贝恩斯太太你在这儿看见过我们。"

"当然不会,"菲利普说,一副赫伯特·里德爵士的神气,"我懂的,贝恩斯。"其实他一点也不懂,他被别人的黑暗所笼罩住。

"太蠢了,"贝恩斯说,"离家太近了,可是你瞧,我没时间多考虑。我得见她。"

"我没有时间了。"贝恩斯又说,"我已经不再年轻。我想看看她都还好吗。"

"当然了,贝恩斯。"

"贝恩斯太太会套出你的真话。"

"贝恩斯,你得信任我。"菲利普模仿里德,语气干巴巴的,煞有介事,接着又说道:"当心。她在窗口看着。"她确实在那儿,从地下室的镶花边窗帘之间用审视的目光看着他们。

"我们要进去吗,贝恩斯?"菲利普问,胃里冷冰冰的,好像吃了太多的布丁一样。他紧握着贝恩斯的胳膊。

"小心点儿,"贝恩斯轻轻地说,"小心点儿。"

"可是,我们要进去吗,贝恩斯?现在还太早了。带我到公园里走走。"

"最好别去。"

"可是我害怕,贝恩斯。"

"你没理由害怕,"贝恩斯安慰他说,"不会伤害到你的。你直接上楼,回到儿童室里去。我会下去和贝恩斯太太谈谈。"然而,他犹豫不决地站在石阶的顶端,假装没看见她,而她正躲着窗帘后盯着他们。"从前门进去,菲尔,然后就上楼去。"

菲利普没在大厅里耽搁片刻,他跑了起来,在贝恩斯太太擦得锃亮的镶木地板上连走带跑地滑到楼梯口。穿过一楼会客厅的入口,他看见椅子都被罩着,甚至连壁炉架上的瓷质大钟也被布罩着,就像一只金丝雀鸟笼。他走过的时候,大钟开始报时,掩盖住防尘布下的秘密。他看见晚饭放在儿童室的桌子上:一杯牛奶,一片面包加黄油,一块甜饼,还有一小块冷冻昆西布丁,没有配上蛋白酥皮卷。他没有胃口,他竖起耳朵听贝恩斯太太的脚步声,听她的说话声,然而地下室关上了它的秘密;绿色粗呢门让它与世隔绝。他喝了牛奶,吃了甜饼,其他的他动也没动,这时,他听到楼梯上传来贝恩斯太太轻柔但坚定的脚步声。她是个坚决的女人，走起路来也是坚定不移。

然而，她进来的时候并没有不高兴。她推开儿童室的门，努力要讨好他，"菲利普少爷，散步散得开心吗？"她拉下百叶窗，摊开他的睡衣，又退回去收拾晚餐。"太好了，贝恩斯找到你了。你妈妈不喜欢你一个人出去。"她查看了一下托盘。"没吃多少东西，是不是，菲利普少爷？再吃点儿好吃的布丁吧！我去多拿点儿果酱过来。"

"不用了，不用了，谢谢，贝恩斯太太，"菲利普说。

"你得多吃点儿。"贝恩斯太太说。她像条狗一样闻着屋子里的味道。"你没从厨房的废纸篓里拿走那些罐子吧，菲利普少爷？"

"没有。"菲利普说。

"你当然不会拿。我只是确认一下。"她轻轻地拍着他的肩膀，手指在他的衣领上一闪；她捡起了一块粉红色糖渣。"哦，菲利普少爷，"她说，"怪不得你没有胃口。你去买蛋糕了。你的零用钱不该买这些东西。"

"可是，我没有，"菲利普说，"我没买。"

她用舌尖尝了尝糖渣。

"别跟我撒谎，菲利普少爷。我和你父亲一样，不会容忍你撒谎的。"

"我没有，我没买，"菲利普说，"是他们给我的。我是说贝恩斯。"然而她抓住了"他们"这个字眼儿。她得到了她想要的；这一点毋庸置疑，甚至有时候你都不知道她想要的究竟是什么。菲利普又气又恼，对自己失望极了，因为他没有保守住贝恩斯的秘密。

贝恩斯不该信任他的。大人就该自己保守自己的秘密，然而现在，贝恩斯太太很快又让他保守另外一个秘密。

"让我挠挠你的手心，看看你是不是个能保守秘密的人。"但是他把手放在背后，他不想被人碰。"这是我们两人之间的秘密，菲利普少爷，我知道他们俩的事情。我猜她和他一起喝茶来着?"她揣测着。

"她为什么不能?"他问。对贝恩斯负责的职责感占了上风，一想到他不仅没有替贝恩斯保守住秘密，而且还得替贝恩斯太太保密，他就为生活的不公平而感到痛苦不堪。"她人很好。"

"她人很好，是吗?"贝恩斯太太话中带着恨意，他一时无法适应。

"而且她是他的侄女。"

"他是那么说的。"贝恩斯太太像防尘罩下面的钟一样轻轻地反击一手。她努力地想表现出自己是在开玩笑。"老流氓。别告诉他我知道这件事，菲利普少爷。"她一动不动地站在桌子和门之间，努力地想着，盘算着。"发誓你不会说的。菲利普少爷，我会给你那套曼卡诺玩具套装……"

他转过身，背对着她。他不愿发誓，但是他也不会说。他们的秘密和他没有关系，他们强加在他身上的责任也和他没有关系。他只想尽快忘掉。生活展现给他的大大超过了他的预期，他很害怕。"一套2A曼卡诺玩具套装，菲利普少爷。"从那以后他再也没有拆开过他的曼卡诺玩具套装，不再搭建任何东西，不再造出新的东西，六十年后，一事无成地死去，一辈子都没有摆脱掉贝恩斯太太带着恶意道晚安的声音,她悄然而坚定的脚步声,一步步走下楼梯,走向地下室,走下去,走下去。

三

阳光从窗帘之间照了进来,贝恩斯在一只舀水勺上敲着鼓点。"光荣,光荣。"贝恩斯说。他坐在床尾,"请允许我宣布,贝恩斯太太被人叫走了。她妈妈快死了。要到明天才能回来。"

"你怎么那么早就叫醒我?"菲利普抱怨道。他不安地看着贝恩斯,他不想被牵扯进去,他已经得到了教训。像贝恩斯这把年纪的人不该表现得那么高兴。如果一个成年人表现得很幼稚,那么你就很容易发现自己进入他们的世界。梦里经历的已经够多的了:角落里的巫婆,手持一把刀的男人。于是,他咕哝了一句"太早了",尽管他爱贝恩斯,尽管他不乐意看见贝恩斯那副兴高采烈的样子。生活的恐惧和魅力将他一分为二。

"我想今天过得充实点儿,"贝恩斯说,"机会难得。"他把窗帘拉拢起来。"今天有点儿雾。猫整晚都待在外面。她在那儿,到处闻来闻去的。五十九号还没把牛奶拿进去。六十三号的艾玛在拍打垫子。"他说,"我在科斯特的时候常想着这些:有人在拍垫子,猫在回家的路上。我今天亲眼看见了,"贝恩斯继续说道:"仿佛我仍在非洲。大多数的时候你对拥有的东西视而不见。只要你坚强,生活就是美好的。"他放了一便士在盥洗盆上。"菲尔,等你穿好衣服,你跑步去街角的报摊上买一份邮报回来。我做香肠。"

"香肠？"

"是香肠，"贝恩斯说，"我们今天要庆祝一下。"吃早饭时他兴致勃勃，说着笑话，却心神不安，有种难以名状的开心和紧张交织的情绪。今天会过得很慢，很慢，他不停地想到：好几年了，他一直在盼着充实的一天，他曾在湿热的科斯特挥汗如雨，不停地更换衬衫，高烧不起，忽冷忽热，过上充实的一天是他所有的希望，猫四处嗅来嗅去，雾气蒙蒙，六十三号在拍垫子。他把邮报靠在咖啡壶上，大声地读着新闻。他读道："科拉·唐第四次嫁人。"他被逗乐了，但这不是他想象中的充实的一天。他认为充实的一天应该是这样的：去公园；在罗尔看赛马，亲眼看着亚瑟·斯蒂尔沃特爵士冲过横杆（他曾和我们在博城①吃过饭，从弗里敦②过来的，他是那里的总督）；为了菲利普去科纳屋吃午饭（而他本人更想去约克酒吧喝杯烈性黑啤酒，吃点牡蛎）；去动物园，在夏日最后的余晖中坐着公交车回家，长长的一段路；格林公园里的树叶开始变色了，贝克莱大街上汽车一辆连着一辆，快落山的太阳温柔地照在挡风玻璃上。贝恩斯谁都不羡慕，不羡慕科拉·唐，不羡慕亚瑟·斯蒂尔沃特爵士，不羡慕来到陆军和海军视察然后又回去的山戴尔将军——他与这些毫无关系，最好还是看看别的报纸。"我说别让我再看见你摸黑人。"贝恩斯曾像个男人一样生活；当他向菲利普讲述这些事情的时候，公交车顶上的每个人都竖起耳朵听他讲。

---

① 博城（Bo），塞拉利昂地名。
② 弗里敦（Freetown），塞拉利昂首都。

"你会开枪杀死他吗?"菲利普问,贝恩斯仰着头,在公交车从炮兵纪念堂转过的时候,把他令人敬仰的黑色贴身男仆的帽子斜放到更好的角度。

"这个念头绝不会出现第二次。我本来可以开枪杀死他。"他吹嘘道。弯腰鞠躬的人影一闪而过,钢盔,沉甸甸的斗篷,枪口冲下的步枪,交叉叠放的双手。

"你有手枪吗?"

"我当然有,"贝恩斯说,"那里有那么多强盗,我怎么能没有手枪呢?"这才是菲利普喜爱的贝恩斯:不是欢歌笑语、无忧无虑的贝恩斯,而是有担当的战壕里的贝恩斯,像个男人一样活着的贝恩斯。

所有的公交车从维多利亚车站鱼贯而出,像护送飞机,载着贝恩斯荣回故里。"手下有四十个黑人。"这时等候在台阶那里的是实至名归的丰厚奖赏,是掌灯时分的爱意。

"那是你的侄女。"菲利普说,他认出的是那件白色的雨衣,而不是那张开心略带睡意的面庞。他一看见她就好像看见一个倒霉数字一样,吓了一跳。他差点儿就想把贝恩斯太太说过的话告诉贝恩斯,但是他不想费神了,他不想管这些闲事了。

"哎呦,还真是的,"贝恩斯说,"我看得让她和我们一起吃晚饭吧。"可是他提议说,他们要做一个游戏,假装不认识她,从场院的台阶上溜下去,"然后,"贝恩斯说,"我们在这儿。"摆餐桌,端上冷香肠,一瓶啤酒,一瓶姜汁汽水,一酒壶勃艮第葡萄酒。"每个人都有喝的,"贝恩斯说,"上楼去,菲尔,看看有没有信件。"

黄昏掌灯前的空房子是菲利普最不喜欢的。他急匆匆地上了楼。他想和贝恩斯一起回来。大厅静静地矗立在那里，影子准备给他展示他所不愿意看到的景象。有几封信窸窸窣窣地从下面塞进来，有人敲了敲门。"国家邮政，开开门。"囚车滚滚前行，一颗脑袋在血淋淋的篮子里摇来摇去。"笃笃笃"，"笃笃笃"，邮递员的脚步声渐渐走远了。菲利普收好信。门上的投信口就像是珠宝店窗户上的隔栅。他记得曾见过警察透过隔栅向里面张望。他曾问过保姆："他在干什么？"当保姆回答说"他在看里面是不是有什么状况"时，他的脑子里立刻装满了各种可能出现的不好的状况。他跑到绿色粗呢门和楼梯口。女孩已经进来了，贝恩斯在亲吻她。她靠在梳妆台上，几乎透不过气来。

"这是艾米，菲尔。"

"有你一封信，贝恩斯。"

"艾米，"贝恩斯说，"是她写的信。"但是他没把信拆开。"她肯定要回来了。"

"不管怎么样，我们要吃晚饭。"艾米说，"她不能破坏了我们的晚饭。"

"你不了解她，"贝恩斯说，"没有她破坏不了的事情。该死的。"他说："我以前也是个男人。"于是他拆开了信。

"我可以吃了吗？"菲利普问，但是贝恩斯没听见；他一动不动地站着，展示出大人赋予文字的重要性：你得写感谢信，一刻也等不及地要告诉他们，仿佛信件是不会撒谎似的。但是菲利普看穿了这一点，爱丽丝姨妈送给他一只泰迪熊，而他已经过了玩泰迪熊

151

的年龄了，于是他就潦草地写了一封感谢信给姨妈。信件也是冠冕堂皇之地撒谎的，而且是永恒的谎言。它们就是不利于你的呈堂供物：比起说出口的话来，它们令你更像个卑鄙小人。

"她要到明天晚上才回来。"贝恩斯说。他打开瓶盖，拉开椅子，又一次把艾米抵在梳妆台前亲吻她。

"别这么做，"艾米说，"孩子在这儿。"

"他得学着点，"贝恩斯说，"和我们一样。"他帮菲利普拿了三根香肠，自己只拿了一根。他说他不饿，但是当艾米说她也不饿时，他却站在她旁边看着她吃下去。和她在一起时，他缩手缩脚的，也有点儿霸道，非让她喝点儿勃艮第葡萄酒，说她需要长点儿肉。他说一不二，可当他一摸到她，他的手动作轻柔，但笨拙得很，仿佛生怕弄坏了一件精美的物品，不知道该怎么对待如此轻盈的物件。

"这比牛奶饼干要好多了吧，嗯？"

"是的。"菲利普说，但是他心里很害怕，替贝恩斯害怕，也替自己害怕。每咬一口香肠、每喝一口姜汁汽水，他都禁不住想，贝恩斯太太要是知道了这顿晚饭，她会怎么想呢。他想象不出来，贝恩斯太太的怨恨和愤怒是难以估量的。他说："她今晚不回来了？"他们马上就明白了他的意思，她根本就没走远；她就在地下室里和他们在一起，逼着他们不得不多喝一点儿，不得不大声地说话，等着她尖酸的话语响起。贝恩斯并不是由衷地高兴，他不过是近距离地看着他的幸福，而不是遥遥相望。

"不，"他说，"明晚之前她不会回来的。"他的眼睛不敢再看着他的幸福。和其他男人无异,他也曾荒唐过;他不停地重提科斯特,仿佛为自己的单纯辩解。如果他一直生活在伦敦,在面对一份柔情时就不会这样单纯了。"艾米,如果是你的话,"他看着白色的梳妆台和伤痕累累的椅子说,"这里就是家了。"屋里的气氛不再那么紧张,屋角有些灰尘,银器还需要最后擦一遍,晨报散乱地摊在椅子上。"菲尔,去睡觉吧,今天太累了。"

他们俩没让他一个人独自穿过裹着防尘罩的黑漆漆的屋子;他们一路陪着他,点亮了灯,按电灯开关时,两人的手指触摸到一起。一层接着一层,他们把黑暗驱走。站在被布罩着的椅子之间,他们温柔地交谈着。他们看着他脱衣,没有叫他洗漱刷牙,看着他上床,为他点着夜烛,门留了一道缝。他能听见他们一边下楼一边交谈,友好地就像晚宴上的宾客走到大厅互道晚安。他们惺惺相惜;不论他们在哪儿,那儿就是他们的家。他听见开门的声音,钟敲打了一记,他听了很久,这样他就知道他们在不远处,自己是安全的。声音并没有消失,他们只是出去了,他可以肯定他们还在不远的地方,静静地待在那么多空房间里的其中一间里,像他一样,过了充实的一天之后,渐渐地睡去了。

在睡着之前他还来得及心满意足地叹了口气,因为或许这也是生活,接着,无法逃避的噩梦向他袭来:一个头戴三色帽的男人在服侍国王时被痛打一顿,一颗血淋淋的脑袋放在厨房桌子的篮子里,西伯利亚狼群悄悄地逼近。他的手脚都被捆住,动弹不得。它们喘着粗气绕着他跳跃着,他睁开了眼睛,贝恩斯太太在那儿,一缕缕花白凌乱的头发凌乱地耷拉在脸上,黑色的帽子歪在一边。一只发卡脱落到枕头上,一根发霉难闻的线头碰到他的嘴巴。"他们在哪儿?"她压低了声音,"他们在哪儿?"

四

菲利普惊恐万分地看着她。贝恩斯太太气喘吁吁,似乎她已经搜过了所有的空房间,一一翻看过所有的布罩。

她花白的头发凌乱不堪,黑色的衣裙一直扣到咽喉,手上戴着黑色的棉布手套,这副打扮真像他噩梦里的巫婆,但他不敢说出来。她的口气也很难闻。

"她在这儿,"贝恩斯太太说,"你否认不了,她就在这儿。"她的脸上同时显现出残忍与痛苦的神色。她想为别人"做些事情",但她一直痛苦不堪。如果她能尖叫出来,或许对她会有好处,但她不敢:那样会惊动了他们。菲利普僵直着身子躺在床上,她又回过身来,用讨好的口气小声地说:"我没忘了曼卡诺玩具套装。你明天就能拿到了,菲利普少爷。我们一起保守了秘密,对吗?告诉我他们在哪儿?"

他说不出话来。恐惧像噩梦一样牢牢地抓住了他。她说:"告诉贝恩斯太太,菲利普少爷。你爱贝恩斯太太,不是吗?"够了,尽管他发不出声音,但他可以在恐惧的抗拒中偏转脑袋,不看她脏兮兮的模样。

她靠得更近了,小声地耳语:"撒谎。我要告诉你父亲;我要看你挨打。"紧接着她竖起耳朵听着。楼下一块木板咔哒响了一声，她俯身在床上又听了一会儿，传来两个人在过了漫长的一天后开心但睡意蒙眬的私语声。镜子旁放着夜烛，贝恩斯太太可以看见镜子里自己的影像，镜子里的她身子摇摇晃晃，充满了痛苦和残暴，人老珠黄，灰头土脸，绝望万分。她发出呜咽，没有眼泪，干巴巴、喘不上气的声音，然而残暴是一种自尊，驱使她继续下去；这是她最好的品质，失去了它，她只是一个可怜虫。她踮着脚尖走向门口，摸索着走过楼梯平台，要是躲在一扇关闭的房门后面的话，几乎听不见她下楼的声音。然后，四周静寂无声，菲利普终于可以动弹了。他抬起膝盖，坐在床边，他真想死了。太不公平了，墙壁再次落在他和成人的世界之间，然而这一次他们想和他分享的是比快乐糟很多的东西；房子里流动着一种激情，他能辨认出，但无法理解。

太不公平了，但是他欠贝恩斯太多太多：动物园，姜汁汽水，乘公交车回家。甚至连晚餐都在召唤他的忠诚。然而他太害怕了；他正在触摸梦里摸到的东西：血淋淋的头颅，狼群，"笃笃笃"的敲门声。生活无情地降临在他身上，你无法责怪他在今后的六十年里逃避生活。他下了床。他习惯性地小心翼翼地穿上卧室拖鞋，蹑手蹑脚地走到门口：下面的楼梯平台并不太黑，因为窗帘被拆下来送去洗了，街灯透过高大的窗户照进来。贝恩斯太太手握着玻璃门把，她非常小心地转动着门把。他尖叫了起来："贝恩斯，贝恩斯。"

贝恩斯太太转过身，看见他穿着睡衣缩在楼梯栏杆后面。他看上去那么无助，甚至比贝恩斯更加无助。贝恩斯太太一看见他立刻怒火冲天，夺步冲上楼梯。噩梦再次降临，他动弹不得。他已经丧失了所有的勇气，甚至连尖叫都无法做到。

但是他第一次的尖叫把贝恩斯从最好的客房里唤了出来，他的动作比贝恩斯太太还快。还没等她冲上楼梯，便被贝恩斯拦腰抱住。她用黑色的棉布手套扇他的脸，而他一口咬住她的手。他没有时间思考，把她当做一个陌生人一样与之搏斗，而她带着显而易见的仇恨反击。她准备教训他们俩，一个都不放过，因此先从谁下手并不重要，他们都在骗她。但是玻璃里面那个年老的影像就在她身边，告诉她要不失体面，她已不再年轻，不能失了风度；她能打他的脸，但不能咬他；她可以用手推，但不能用脚踢他。

又老又脏、没有希望使她相形见绌。她的黑衣一阵骚动之后，越过了楼梯栏杆，摔倒了大厅里；她躺在大门的前面，像将被搬进地下室的一袋煤炭。菲利普目睹了这一幕。艾米也看见了，她遽然瘫坐在最好的客房门口，两眼睁得大大的，仿佛累得再也无力承担。贝恩斯缓缓地走进大厅。

菲利普此时逃跑不是件难事，他们完全忘记了他的存在。他从仆人的楼梯下去，因为贝恩斯太太在前面的大厅里。他不懂她躺在那里干什么；就像一本书里的图片没人读给他听，他不懂的事情让他害怕。整座房子变成了大人的世界，晚上呆在儿童室里没有安全感，他们的激情已经淹没了这座房子。他唯一能做的事情就是逃离，从后楼梯走，穿过场院，再也不回来了。他没考虑到寒冷，也没考虑到自己需要吃的东西和睡觉的地方，只要一个小时，似乎就可以永远逃离这些人。

他穿着睡衣拖鞋，走到了广场上，但是没人看见他。在住宅区晚上的这个时候，人们不是呆在剧院里便是呆在家里。他翻越了铁栅栏，进到一座小花园里面：法国梧桐树张开巨大黯淡的叶片，横在他和天空之间。他或许逃进了一座无边无际的森林里。他躲在树干的后面，狼群撤退了。他觉得躲在小小的铁制座椅和树干之间，就没人可以发现他。某种带着怨恨的快乐和自怜交织在一起，他哭了；他茫然无措，再也不用保守秘密了；他彻底地放弃了责任感。让大人们维护他们自己的世界吧，他只负责自己的世界，在小花园梧桐树丛中没有危险的世界。

这时，48号的门打开了，贝恩斯左右张望。然后他做了个手势，艾米出来了。他们仿佛要赶火车，没有时间道别。她疾步走过，如同站台上火车车窗里一闪而过的面庞，苍白忧郁，不愿离开。贝恩斯又返身进屋，关上了大门。地下室的灯亮着，一个警察在广场上巡视，观察着每一个场院。根据一楼窗帘后面的灯光就可以判断出几户家里是有人的。

菲利普在花园里开始了探险：不用花太多的时间，二十码见方的灌木丛和梧桐树，两把铁质座椅，一道石子小径，两端都上锁的大门，沙沙作响的落叶。可是他在那里呆不下去：灌木丛中有什么东西在轻轻晃动，两只发亮的眼睛像西伯利亚狼一样地偷窥着他，而且他想到如果贝恩斯太太在这里发现他，那该多糟糕呀！他没有时间翻越栏杆；她会从后面抓住他。

他从广场的低档住宅区那一边走远了，霎时就身处在市井之中，四周是炸鱼店，卖小物什的文具店，住宿招牌和大门洞开的肮脏不堪的小旅店。周围行人寥寥，因为酒馆还在开张，这时街对面有个邋里邋遢的女人拿着一个包裹，冲着他叫喊，要不是他穿过马路的话，电影院的看门人就会拦住他。他越走越远：比起梧桐树来，你在这里更容易越走越远，彻底迷了路。在广场的边缘，他处在被人拦住遣返回家的危险之中：他身份的标记太明显了，然而随着他越走越远，他身份的标记也丢失了。这是个温暖的夜晚：任何一个住在无人管束地区的孩子都有可能出来逃夜。即使和大人们在一起，他也产生了一种同志般的友情。他走得很快，因此他可能是邻居家的孩子，但是他们不会去告发他，因为他们也曾年轻过。他从人行道上捡起一块火车烟煤防尘布，那是一辆辆喷着火驶过城市后面的火车留下的。有一次，他曾经和其他孩子们一起逃避什么东西或什么人，他们一边跑一边笑。他与他们一起转过一个弯，然后就被抛下了，剩下他手里握着一只黏糊糊的落果。

他已完全失去了方向。但他没有体力再走下去。一开始他还担心有人会拦住他。一个钟头过后，他反而希望有人能这么做。他找不到回去的路，他害怕一个人回去；害怕贝恩斯太太，前所未有的害怕。贝恩斯是他的朋友，但是发生了什么事情，使得贝恩斯太太占了上风。他开始故意磨磨蹭蹭，以便引起别人的注意，可是没人留意到他。家家户户在门口享受着睡前最后的时光，垃圾箱已经拖到了门外，白菜帮子弄脏了他的拖鞋。空气里弥漫着各种声音，然而他被隔绝在外面。这些都是陌生人，一直都是陌生人。贝恩斯太太是他们的代表，强烈的阶级意识令他惊慌失措地逃开。他以前一直对警察敬而远之，可是现在他盼着有个警察能带他回家。他悄悄地从一个正在指挥交通的警察身边走过,但是警察忙得顾不上看他一眼。菲利普靠着一堵墙坐下,失声痛哭。

他从来未曾想到过所有该做的,也是最简单的办法就是主动投降,显示自己被人殴打过、接受关心……他立刻得到了两个女人和一个当铺老板的慷慨相助。另一个警察出现了,他年纪轻轻,带着不会轻信的神情。他仿佛要把他看见的所有事情和得出的结论都记录在小本子上。一个女人主动提出要送菲利普回家,但是他信不过她:她斗不过贝恩斯太太,即使是躺在大厅里动不了的贝恩斯太太。他不肯说出地址,他声称不敢回家。他自有一套办法;而且如愿以偿地得到了保护。"我带他去警局。"巡警说,不自然地拉着他的手(年轻的巡警还没有结婚。他要干一番事业)。他牵着菲利普转过街角,爬上石头台阶,走进一间狭小闷热光秃秃的房间里,那里是正义之所在。

五

正义等候在木头柜台后的一把高凳子上。长着浓密的小胡子,态度和蔼,有六个孩子(其中三个和你年龄相仿的男孩),对菲利普没有多大兴趣,但得假装感兴趣,记下地址,派一个警官去拿一杯牛奶过来。但是那个年轻的巡警很有兴趣;他有着敏锐的嗅觉。

"我猜你家的地址在电话号码簿上,"正义之身说,"我打个电话过去,告诉他们你平安无事。他们很快会过来领你的。孩子,你叫什么名字?"

"菲利普。"

"姓什么?"

"我忘了姓什么了。"他不想被领走,他想找个能镇得住贝恩斯太太的人把他送回家。年轻的警察观察着他,观察他喝牛奶的样子,观察他回避提问。

"你为什么要离家出走?逃学,嗯?"

"我不知道。"

"你不该这么做,小伙子。想想看,你爸爸妈妈该有多着急。"

"他们不在家。"

"好吧,你的保姆该着急了。"

"我没有保姆。"

"那么,谁照顾你呢?"这个问题戳到了痛处。菲利普看见贝恩斯太太冲上楼梯向他扑过来,看见大厅里一堆黑棉布。他开始号啕大哭。

"好了,好了。"中士说道。他不知该怎么办,他真希望他老婆就在旁边,哪怕有个女警察也能派上用场。

"你有没有觉得事情有点儿蹊跷,"巡警说,"没人报失踪。"

"他们以为他躲到床下去了。"

"你很害怕,是不是?"巡警问道,"你怕什么?"

"我不知道。"

"有人伤害你吗?"

"没有。"

"他做噩梦了,"中士说,"我猜他以为房子着火了。我带大了六个孩子。罗斯马上就要巡警回来了。让她带他回家。"

"我想要你带我回家。"菲利普说。他努力想对巡警挤出一个微笑,但是这个欺骗的行为太幼稚,没有得逞。

"我最好去一趟,"巡警说,"可能出了什么状况。"

"胡说八道,"中士说,"这是女人该干的活。你得有点儿脑子。罗斯来了。把你的长筒袜拉上去,罗斯。你在破坏警察的形象。有份活得你去干。"

罗斯拖着脚步进来:黑色棉布长筒袜松松垮垮地耷拉在靴子上,像个鲁钝的女童子军,声音嘶哑,充满敌意。"我猜又是妓女。"

"不是,你把这个小伙子送回家。"她像一只猫头鹰一样面色严肃地看了看他。

"我不要和她回去。"菲利普说。他又开始大哭起来。"我不喜欢她。"

"罗斯,展现出女性的魅力来。"中士说。桌子上的电话铃响了。他拎起听筒。"什么?怎么回事?"他问,"48号?有医生吗?"他用手遮住电话传声筒。"难怪没人报这个男孩失踪,"他说,"他们太忙了。出了意外事故。一个女人在楼梯上失足滑倒了。"

"严重吗?"巡警问。中士冲着他做了一个口型;在孩子面前不能提到死亡这个字眼(他能不知道吗?有六个孩子),喉咙里咕哝一声,做个痛苦的表情,这就是那只有五个字母的单词的复杂简写。

"总之,你最好跑一趟,"他说,"做份报告。医生已经在那里了。"

罗斯拖着步子从炉子旁走开,圆滚滚的脸蛋红扑扑,长筒袜松松垮垮。她把手插在身后。大大的嘴巴好像停尸房,满口黑黑的牙齿。"你刚才叫我送他回家,现在就因为事出有因了……男人一点儿都不讲公平……"

"谁在房子里?"中士问。

"男管家。"

"你的意思不是说,"巡警说,"他看见……"

"相信我,"中士说,"我带大了六个孩子。我太了解他们了。孩子的事用不着你来教我。"

"他好像被什么事情吓怕了。"

"噩梦。"中士说。

"姓什么?"

"贝恩斯。"

"这个贝恩斯先生,"巡警问菲利普,"你喜欢他吗?他对你好吗?"他们想从他嘴里套出点信息。他对整个屋子里的人都怀有疑心,他并不坚定地说了声"是的",因为他怕还要对别人负责,为别人保守秘密。

"贝恩斯太太呢?"

"是的。"

他们聚在桌子旁边商讨了一会儿。罗斯粗哑的声音表示着委屈不满。她如同女性的模仿者,用不自然的方式强调自己的女性特征；然而另一方面，她又对之嗤之以鼻，皱巴巴的长筒袜和日晒风吹的脸就是证明。木炭在炉子里爆裂，在这个温暖的最后夏日的夜晚，这个房间里太热了。墙上贴着一张布告，描述了在泰晤士河里发现的一具尸体的特征，或者更不如说是尸体所穿衣服的特征：羊毛背心，羊毛西裤，蓝条纹羊毛衬衫，十号靴子，蓝色毛哔叽西装，肘部有些磨损，十五寸半硬领口。他们在尸体上一无所获，除了尺寸，那是一具普通得不能再普通的尸体。

"走吧。"巡警说。他很有兴趣，很乐意走一趟，但是他的陪伴让他很尴尬，那是个穿着睡衣的小男孩。他嗅到了什么东西，但他不确切那到底是什么，然而他俩这副滑稽的样子让他有些不快。酒馆已经打烊，大街上又满是男人，他们想尽可能地把时间再拖长一点儿。他走得很快，选的是人少一点儿的、人行道的光线暗一点儿的路，一路上毫不耽搁。而菲利普更想拖延一点儿时间，拉着巡警的手，拖慢他的脚步。他害怕看见贝恩斯太太等在大厅里：现在他知道了，她已经死了。中士的口型暴露了。可是她还没有被埋起来，还没有消失。门打开时，他将看见一具死尸躺在大厅里。

地下室里的灯亮着，令他松了一口气的是，巡警走的是场院的台阶。也许他根本看不到贝恩斯太太。天太黑了，看不见门铃，于是巡警敲了敲门，贝恩斯应声开门。他站在门口，地下室里灯火明亮，一尘不染，一看见菲利普，他事先准备充分的、貌似可信的、痛心疾首的那一套说辞立即幻灭了。他没料到菲利普会和警察一起回来。他不得不重新思考，他不是一个满口谎言的人。要不是为了艾米，他就会照实说来。

"贝恩斯先生?"巡警问。

他点点头,他还没找到合适的词;巡警那副精明能干、心照不宣的神情把他吓回去了;再说,菲利普也出其不意地冒了出来。

"这个小男孩是这里的?"

"是的。"贝恩斯说。菲利普看出来他在试图传达一个信息,但是菲利普决定不去多想。他爱贝恩斯,但是贝恩斯使他卷入到这些他无法理解的秘密、恐惧之中。当你爱上了,事态就会不可避免地发展为:你深陷其中,不可自拔;菲利普要摆脱生活,摆脱爱,摆脱贝恩斯。

"医生在这儿。"贝恩斯说。他朝着门的方向点头示意,舔了舔嘴唇,视线一直跟着菲利普,像一只狗一样乞求着,你却不知道它要什么。"无济于事了。她在这些地下室的石阶上跌倒了。我在这儿。听到她跌倒的声音。"他不看巡警的小本子,满页细长字迹是可怕的命运。

"男孩看见什么了吗?"

"不可能看见。我想他在床上。他是不是该上楼去?这事太可怕了。"贝恩斯失去了控制,"对孩子来说,太可怕了。"

"她就在那儿?"巡警问。

"我动也没动过她。"贝恩斯答道。

"那么他最好——"

"从场院上去,从大厅走。"贝恩斯说,他再次露出狗一样乞求的神色:又一个秘密,保守这个秘密,为了老贝恩斯,他再无所求了。

164

"来吧,"巡警说,"我送你上楼睡觉去。你是个绅士。你得按规矩像个主人一样从前门进去。或者贝恩斯先生,你也一起上去,我去看看医生?"

"好的,"贝恩斯说,"我去。"他从房间另一端走向菲利普,乞求着,乞求着,一路上都带着年老、温柔、傻傻的表情:这是贝恩斯,老科斯特人;来个棕榈油排骨,嗯?一个男人的生活;四十个黑人;从没用过枪;告诉你我情不自禁地喜爱他们;那不是我们所说的爱,不是我们能理解的。信息一直在传递,恳求着,乞求着,提醒着:这是你的老贝恩斯;上午茶怎么样,喝杯姜汁汽水对你没坏处;香肠;充实的一天。然而线路掐断了。信息在擦得锃亮的空荡荡的屋子里渐渐减弱,没人在那里藏得住秘密。

"菲尔,来吧,该上床睡觉了。我们上楼去……","哒哒哒,哒哒哒",在拍电报。你会明白的,你不会说出来,有人会修好线路。"从前门进去。"

"不,"菲利普说,"不,我不去。你别逼我去。我会反抗。我不要看见她。"

巡警立即转过身。"你说什么?你为什么不去?"

"她在大厅里,"菲利普说,"我知道她在大厅里。她死了。我不要看见她。"

"那么你挪动她了?"巡警问贝恩斯,"一直移到这里?你一直在说谎,嗯?那就是说你得清理现场……只有你一个人吗?"

"艾米,"菲利普说,"艾米。"他不打算再保守秘密了;他打算彻底了结,与贝恩斯了结,与贝恩斯太太了结,与不属于他的成人世界了结。"是艾米的错。"他提出抗议,颤抖的声音提醒贝恩斯他毕竟还是个孩子,没指望得到帮助了。他是个孩子,他不明白这样做意味着什么,他读不懂恐惧的简称。这一天发生太多的事,他累坏了。他靠着梳妆台就快要睡着了,回到儿童室舒适安宁中去。不忍心责备他。早上醒来时,他将把一切都忘得一干二净。

"都招了吧,"巡警带着职业性的残忍对贝恩斯说,"她是谁?"六十年后,一个老人突然问他的秘书,他唯一的看护,把秘书吓了一跳:"她是谁?她是谁?"渐渐,渐渐地踏上归途,贝恩斯的形象不断闪现:无望的贝恩斯,垂头丧气的贝恩斯,"坦白交代"的贝恩斯。

一九三六年

里弗先生的机会

里弗先生的脑袋撞到了天花板,他骂了一声。屋子上方储存着大米,天一黑,老鼠便纷纷开始窜来窜去。稻粒从石板缝间掉落下来,落在他的雷维莱申手提箱上、谢了顶的脑袋上、一盒盒罐头食品上,还落在装药品的一只正方形盒子上。他的小男仆早已铺好了行军床,支起了蚊帐,在帐篷外面暖和而潮湿的夜色中,他的折叠桌和椅子也摆放好了。一座座尖顶的茅草屋朝着森林次第排开,一个女人手持火把从一座茅草屋走向另一座茅草屋。火光照亮了她苍老的面庞,乳房松垮下垂,身上带有文身,显得病怏怏的。

里弗先生简直不敢想象,五个礼拜之前他还身处伦敦。

他无法直起腰来,只得跪在地上,打开手提箱。他取出妻子的照片,将其竖立在食物箱上。他拿出一本信笺和一支不可擦铅笔:铅笔在炎热的天气下已经变软了,在他的睡衣上留下淡紫色的痕迹。防风灯照出泥墙上一只被拍扁的大个头蟑螂,于是他小心地关上了手提箱。在这里过了十天,他早就领教了这些蟑螂什么都吃的本领—袜子,衬衫,拖在鞋子外面的鞋带。

里弗先生起身走到外面,飞蛾扑打着他手里的灯,但是没有蚊子。自从他上岸,就没有看见也没有听见一只蚊子。他坐在一个光圈之中,被人密切地观察着。那些黑人蹲在自己的茅草屋外注视着他。他们态度友好,对他很感兴趣,觉得他很好玩,不过他们过度的关注令里弗先生很恼火。他能感觉到一股股兴趣的浪花在他周围涌起:他开始写字,他停下笔,他用手帕擦干手。只要他摸摸自己的口袋,一只只脖颈便伸得长长的。

"亲爱的艾米丽,"他写道,"我已经开始了。一旦我找到戴维森的下落,我就派一个挑夫把这封信寄出去。我很好。当然这里的一切都有点儿怪怪的。照顾好自己。亲爱的,别担心。"

"主人买鸡。"他的厨子突然从两座茅草屋之间出现。一只肉质又柴又老的小鸡在他手里挣扎着。

"好吧,"里弗先生说,"我给过你一个先令,不是吗?"

"他们不喜欢,"厨子说,"这些树丛里的下等人。"

"他们为什么不喜欢?钱不少啊?"

"他们想要国王的钱。"厨子交还给他维多利亚先令。里弗先生只好站起身,回到他的茅草房,摸到他的钱箱,在二十镑里寻找着零钱:片刻不得安宁。

他很快就学会了。他必须精打细算(整个行程就是一场令他胆战心惊的赌博),他雇不起担架。走了七个小时之后,他筋疲力尽,来到一个连名字都不知道的小村落,而在这儿,他连一分钟都无法安宁地坐下休息。他必须和首领握手,必须安顿一间茅草屋,必须接受他不敢喝的棕榈酒,因为那是礼物,要从挑夫那里买米和棕榈油,给他们盐和阿司匹林,用碘酒帮他们擦伤口。在他睡觉前他们没给过他五分钟的安宁。接下来老鼠开始活动了,他把灯熄灭后,老鼠像流水一样从墙上冲下来,在他的箱子之间嬉闹着。

我太老了,里弗先生对自己说,我太老了:他在潮湿的信纸上写下不会消去的字迹:"我希望明天能找到戴维森。如果找到的话,我就能和这封信差不多时间一起到家。别不舍得喝啤酒和牛奶。亲爱的,如果不舒服,就去看医生。我预感到这次行程会圆满的。我们去度假,你需要度个假。"他呆呆地看着前方,目光越过一座座茅草屋,一张张黑色的面孔,一棵棵香蕉树,朝着森林的方向望去,朝着他来的地方望去,而明天他又将淹没在森林里,他心想,伊斯特本①,伊斯特本对她再好不过了。接着继续写他唯一对艾米丽所说的谎言,也是令他心安的谎言。"我应该至少可以得到三百块佣金和费用报销。"但这里不是他通常销售重型机械的地方。三十年,跑遍欧洲和美国各地,但和这里一点也不一样。他听到过滤器在茅草屋里滴滴答答的声音,有人在某个地方玩弄着什么玩意儿(他一片茫然,一时找不到最简单的术语来表述),这个玩意儿是由棕榈叶发出的类似鼻音的声音,单调,忧郁,浅显,似乎可以表达出你是不开心的情绪,但这无关紧要,一切都没什么不同。

"照顾好自己,艾米丽。"他重复写道。他发现这是自己唯一可以写给她的话。他不能向她描述那些小路是如此得狭窄、陡峭,很容易就会迷失了方向,蛇像火焰一样嘶嘶地滑向远处,老鼠,尘土,赤裸裸的病体。他看够了裸体,到了几乎无法容忍的地步。"别

---

① 伊斯特本(Eastbourne),英国港口城市。

忘了……"简直就像是生活在牛群之中。

"首领。"他的小男仆低声说。在茅草屋之间，一个强壮的老人在火把的照耀下走了过来，他穿着当地人的长袍，头戴一顶破烂圆顶帽。在他身后，他的下人端着六碗米饭，一碗棕榈油和两碗碎肉糜。"给工人的食物。"小男仆解释道。里弗先生只好站起身，微笑着点头示意，努力不用语言来表示出他很开心，食物很棒。刚开始的时候，食物散发的味道对里弗先生来说实在太难闻了。

"问问他，"他吩咐小男仆说，"他最近有没有见过一个白种男人从这里经过。问他是不是一个白种男人在这附近挖着什么东西。该死的，"里弗先生突然大喊道，他的手背和秃顶的脑袋上都冒出了汗珠，"问他有没有见过戴维森。"

"戴维森？"

"哦，该死的，"里弗先生说，"你明白我的意思。我在找的那个白人。"

"白种男人？"

"你以为我干吗要到这里来，嗯？白种男人？当然是白种男人。我不是为了锻炼身体才到这里来的。"一头牛咳嗽起来，鼻子在墙上蹭来蹭去；两只山羊从他和首领之间冲了过去，把碗里的肉屑震得颠了出来；没人介意，他们从尘土和粪便里把肉捡了起来。

里弗先生坐了下来，双手捂着脸，两只手白白胖胖，平日里精心呵护，戒指勒出了一道道肉沟。他觉得自己太老了，对付这一切显得力不从心。

"首领说很久没有白人到这里来了。"

"多久？"

"首领说自从付茅草屋税开始。"

"那有多久？"

"很久很久。"

"问问他，去格雷有多远，明天。"

"首领说很远。"

"胡说。"里弗先生呵斥道。

"首领说太远了。最好还是呆在这儿。很好的小镇。没骗人。"

里弗先生发出痛苦的呻吟。每天晚上同样的问题都在重演。下一个小镇太远了。他们会编出各种理由来拖延他，让自己休息休息。

"问问首领，多少小时……"

"很多，很多。"他们没有时间概念。

"这个好首领。好吃的。工人累了。没骗人。"

"我们继续走。"里弗先生说。

"这个好小镇。首领说……"

他想：如果这不是最后一次机会，我就放弃。他们折磨他，他突然想找个白人（不是戴维森，他不敢对戴维森说任何事情），向他诉说命运的绝望。太不公平了，一个男人三十年来四处出差旅行，现在沦落到一家家地上门找工作。他曾是个优秀的旅行者，帮许多人赚到钱，他的工作简历很出色，然而世界在前进。他没有被裁员掉，当然没被裁员掉。他已经退休十年了，然而在经济萧条中他的钱都亏掉了。

里弗先生在维多利亚大街上来来回回，递交他的推荐信。很多人都认识他，递给他雪茄，善意地取笑他在这个年纪还要出来找工作（"我在家里待不住。老马伏骥，你懂的……"），在走廊里开一两个玩笑，当晚坐着火车的一等座回去，一路上沉默不语，闭口不谈年龄、破产、世事艰难，还有雪上加霜的是妻子有可能患上了疾病。

在利德赫大街①不远的一间面积不大、相当简陋的办公室里，里弗先生得到了机会。它自称为工程公司，但是那里只有两间屋子，一台打字机，一个镶有金牙的女孩，还有一位卢卡斯先生，他又瘦又高，一只眼皮总在不停地抽搐。在面试的过程中，从头到尾那只眼皮都在冲着里弗先生跳动。里弗先生从来没有落魄到如此地步。

但是令他意外的是，卢卡斯先生对他开诚布公。他"摊了牌"。他没有钱，但是他有远大的前景。他拥有一项专利。那是一个新式的碾碎机。那可以生钱。现如今不能指望大型的信托基金拿他们的机械换钱。现在的世道太差了。你得自己启动这个项目，于是……哎呦，这就有了首领，大碗大碗的食物，各种唠叨，老鼠和炎热。他们自称为共和国，卢卡斯先生说，他对此一点儿也不了解，他们并不像画上的那么黑，他猜想（紧张地哈哈笑起来）。总之，一家公司在边境上悄悄地建立了代理机构，并且取得了开采权：黄金和钻石。他信心满满地告诉里弗先生，有家信托基金对他们的发现震

---

① 利德赫大街（Leadenhall Street），伦敦肉类市场。

惊不已。现在需要一个企业家潜入过去（里弗先生喜欢潜入这个字眼，这使得事情听上去简单而有神秘感），把新式的碾碎机介绍给他们：如果他们一旦开工，这会大大地节省他们的劳力和财力，然后就会有丰厚的佣金，再接着，乘胜追击……大家都会发大财。

"可是，你不能在欧洲解决问题吗？"

突，突，卢卡斯先生的眼皮在抽动。"大批的比利时人。他们让在现场的一个人来做所有的决定。一个名叫戴维森的英国人。"

"开支费用怎么办？"

"这是个难题，"卢卡斯先生说，"我们还刚开始。我们想找一个合伙人。我们付不起派人的费用。但是如果你喜欢赌一把的话……百分之二十的佣金。"

"首领说原谅他。"挑夫蹲在盆的四周，用左手舀着米饭吃。"当然。当然，"里弗先生心不在焉地说，"人很好，我相信。"

他从尘土和黑暗中抽离了出来，远离山羊和棕榈油的臭味，远离正在下崽的母狗，回到扶轮社①的会员中，回到斯通餐馆的午餐。"老样子，一匹脱"，读着商业报纸；他还是一个体面人，在灯光微曦的戈尔德斯格林区重新找到自己的位置。共济会徽章在表链上叮当作响，从地铁站到他位于芬奇利路上的家，一路上他都觉得自己有个同事，可以说粗俗的故事，可以抱怨，甚至还觉得自己很

---

① 扶轮社（rotarians）：地区性社会团体，以增进职业交流及提供社会服务为宗旨。其特色是每个扶轮社的成员需来自不同的职业，并且在固定的时间及地点每周召开一次例行聚会。成员大多来自中产阶级以上的富裕阶层。

勇敢。

现在他需要所有的勇气,他最后的积蓄都投入到这次行程当中。三十年的经验造就他一眼就能识别出好东西的本事,他对新式碾碎机深信不疑。但他对自己能否找到戴维森抱有疑问。首先一点,没有地图。在这个共和国里旅行的方式便是,写下一串名字,相信路过的村子里的某个人能看懂,并且知道路线。可是他们总是说"太远了"。友好的人际关系在这个词汇面前枯萎了。

"奎宁,"里弗先生问,"我的奎宁在哪儿?"小男仆一样东西也记不住。他们并不在意你的事情,他们的微笑毫无意义,而里弗先生比任何人都深知生意场上毫无意义的微笑意味着什么,因此他痛恨他们的没心没肺,看着拖拖拉拉的小男仆,他露出失望和厌恶的神情。

"首领说白人在树林里,五小时远。"

"这样好多了,"里弗先生说,"肯定是戴维森。他在挖金子?"

"嗯。白人在树林里挖金子。"

"我们明天一早出发,"里弗先生说。

"首领说最好停在这个镇子里。发烧骗了白人。"

"太糟了。"里弗先生说。他开心地想:我的运气来了。他需要帮助。他不会拒绝我的要求。患难中的朋友是真正的朋友,想到戴维森,他的心要融化了,看见自己期盼走出森林的祈祷应验了,觉得圣经显灵了。他想:祈祷。我今晚就要祈祷,人总是会放弃祈祷,但它会有所回报,里面有什么东西存在,他想起了在艾米丽住院的时候,在餐边柜旁,在盛酒器下方,他长跪在地上不起,痛苦地祈祷。

"首领说白人死了。"

里弗先生转过身背对着他们,走进茅草屋。他的袖子差点打翻了防风灯。他迅速地脱下衣服,把衣服统统塞进行李箱里,以防蟑螂咬噬。他不相信他们的话,打死他也不相信。如果戴维森死了,他只能空手而归。他已经入不敷出了,他会破产的。他设想艾米丽可以住到她哥哥那里去。但他不敢指望她哥哥能……他哭了,但是在茅草屋的阴影里,无法判断究竟是泪水还是汗珠。他跪在支着蚊帐的行军床旁,在满是尘土的泥土地上祈祷。从开始一直到现在,他都格外小心地不要赤脚踩到地上,以防被沙蚤咬到。沙蚤无所不在,无孔不入,它们随时伺机从脚指甲下钻入皮肤,产卵繁殖。

"哦上帝,"里弗先生祷告着,"别让戴维森死掉,让他生病就可以了,让他很高兴看到我。"他想都不敢想自己将无力养活艾米丽。"哦上帝,要我做什么我都愿意。"然而这个许愿太空洞了;他没有概念自己该为艾米丽具体做些什么。他们一起幸福地生活了三十六年。在参加完一次扶轮社晚餐后被那些男孩怂恿,他曾有过片刻的不忠念想,除此之外,他对艾米丽再无二心过。无论他是如何虚度光阴,他也从未设想过可以和另一个女人比翼双飞。在你上了年纪,又最需要彼此的时候,却失去了钱财,因而无法生活在一起,这真是太不公平了。

当然,戴维森没有死。他怎么会死呢?黑人很友善。人们都说这个国家不健康,但是至今他都没怎么听到蚊子的嗡嗡声。再说,即使得了疟疾也死不了。只要盖好毯子,吃点儿奎宁,经过要死的感觉之后，出一场汗就好了。会出现痢疾，但戴维森是个出征老手。只要把水烧开，再过滤一下就不会出事了。碰一下水都会中毒，脚若是沾上了水就不安全了，因为水里有几内亚龙线虫，不过几内亚龙线虫是不会要人命的。

里弗先生躺在床上，任由思绪驰骋，难以入睡。他想：人不会因为几内亚龙线虫而丧命的。它会刺痛你的脚，如果把脚放进水里，就能看见虫卵掉下来。你得找到虫子的尾端，和棉线差不多，然后把它绕在火柴棒上，把它一圈一圈拉出来，小心不要扯断了。虫子拉长了能到膝盖那么高。里弗先生不由得想：对这个国家来说，我太老了。

这时小男仆又回到他身边。他急切地透过蚊帐小声地对里弗先生说："主人，工人们说他们回家。"

"回家？"里弗先生疲惫地问，他已经听过太多遍了。"他们为什么要回家？现在什么状况？"但是他实在不想听他们又一次的絮叨：班德人从来没有被派出去挑水，因为头人就是班德人；有人偷走了一个装糖浆的空罐头，卖给村里人，卖了一便士；有人抱怨分配挑的重担不合理；明天的路程"太远了"。他说："告诉他们，他们可以回家。明天早上结账。但是他们将拿不到赏金。如果他们愿意留下来，就能拿到一大笔赏金。"他肯定这又是一次花招，他可没那么好骗。

"是，主人。他们不要赏金。"

"什么？"

"他们害怕会像白人一样发烧。"

"我从村子里找挑夫。他们可以回去。"

"我也走,主人。"

"滚,"里弗先生喊道,这是最后一根稻草,"滚出去,我要睡觉。"男孩立即退了出去,尽管做了逃兵,但依然很顺从。里弗先生想:睡觉,真是痴人做梦!他掀开蚊帐,走下床(又赤着脚:他根本不在乎什么该死的沙蚤了),找寻他的药品箱。当然,箱子上着锁,他还得先打开行李箱,在裤子口袋里找出钥匙。他的精神几近崩溃,当他看见安眠药时,便吃了三粒。于是他睡着了,呼呼大睡,一夜无梦,当他醒来时,他发现自己的胳膊划开了蚊帐,露出了一道口子。哪怕有一只蚊子在里面,他都会被叮咬,但是当然一个也没有。

他立刻就看出来麻烦还未结束。村子——他不知道村名——栖息在一座山顶上。森林从一座面积不大的高原向东向西延展开去。在西面有一大块黑漆漆的,无法看清楚,有点儿像流水。但在东面,可以一眼看出那里地势不平,高大的灰色木棉树长得比棕榈树还高。通常在天亮前就有人叫醒里弗先生,但今天没人叫醒他。几个挑夫坐在茅草屋外面,闷闷不乐地聊天。小男仆和他们在一起。里弗先生回到屋里,穿上衣服。他心里一直在想,我必须要沉着,但是他很害怕,害怕被他们抛弃,害怕不得不打道回府。

等他再次走到屋外,整个村子都苏醒了:女人们下山去打水,默默地从挑夫旁边绕过去,从埋葬首领的石堆旁走过,经过一片小树林,禾花雀和黄绿相间的金丝雀一样,在里面筑巢。里弗先生在一群鸡、怀崽的母狗和牛粪中间的折叠椅上坐了下来,他唤来那个男孩。他决定采取"强硬政策",但他心里没底,不知道后果会怎么样。"告诉首领,我有话和他说。"他说。

耽搁了片刻,首领还没起床,但此刻他现身了,穿着蓝白相间的长袍,端端正正地戴着圆顶礼帽。"告诉他,"里弗先生说,"我要找些挑夫抬我去找那个白人,然后再回来。两天。"

"首领不答应。"男孩说。

里弗先生愤怒地说:"去他妈的,他要是不答应,他就别想从我这里拿到一个子儿的赏钱,一个便士也没有。"他刹那间意识到,他是多么无望地仰仗这些人的诚信。在这儿,在茅草屋里,所有人都能看见他的钱箱,他们想拿便可以拿走。这里不是英国或者法国的殖民地,住在海岸边的黑人根本就懒得理会。如果他们一旦动手,你也束手无策,曾有一个走散的英国人在这片领地上被抢劫了。

"首领问几个?"

"只要两天,"里弗先生说,"我要六个人。"

"首领问多少钱?"

"一天六便士,包吃饭。"

"首领不答应。一先令。"

"好吧,好吧,"里弗先生说,"那就一先令。你们其他人如果想走就可以回去了。我现在和你们结账,但没有赏钱,一便士也没有。"

他从没料到过他们会走,看着他们闷闷不乐地走开(他们为自己感到羞愧),下山朝西边走去,他的心里感到无比的孤独落寞。

他们身上没有挑担，但他们没有唱歌。他们的身影渐渐地沉没下去，再也看不见了，他的小男仆也在其中。现在他孤零零地站在一堆箱子中间，只剩下一句英语也不会说的首领和他在一起。他笑了，身体却在发颤。

到了十点钟，他才挑选好新的挑夫；他看得出没人想去，要想在天黑前找到戴维森，他们就得在正午的骄阳酷暑下行军。他希望首领跟他们解释清楚他们的目的地。他不敢肯定，他已经完全和他们隔离开来，尽管他们已经开始出发，从东面下坡，但他仍然觉得自己是孤身一人。

很快他们便深陷在丛林之中。森林展现出野性美和生机勃勃的大自然的力量，然而这片利比亚丛林只是一块单调沉闷的绿色荒野。供人行走的小径仅约一人宽，如同行进在杂草缠绕的后花园一般，却怎么走都走不出去。看上去那些杂草并不是长在身旁，而且几乎都快枯死。没有一点儿生命的迹象，除了几只大鸟从头顶上无法看见的天空中掠过，翅膀发出咯吱咯吱声，如同没有上过油的门轴。没有美景可以欣赏，目力无法远眺，景色千篇一律。不仅暑热令人疲惫不堪，单调沉闷的景致同样令人筋疲力尽；你不得不努力地让大脑想些事情；但即使是艾米丽也无法让大脑思考超过三分钟。有一段小路被水淹没，里弗先生只得被人背过去，这段插曲真是令人欣慰。刚开始他很讨厌一种味道刺鼻的苦味（这让他想起小时候被逼着吃下去的某种早餐），但很快就适应了。现在他根本留意不到那种味道的存在。同样他也没留意到美丽的巨型燕尾蝶在他腰边盘旋，蝴蝶成群地聚集在水塘边，从绿色的云团中腾空而起。

他的感知变得麻木、迟钝，脸上除了流露出厌倦的神情，几乎毫无表情。

但是当领头的挑夫指着路边一个长方形的坑时，他们确实明显流露出如释重负的神情。里弗先生明白了。戴维森来过这里。他停下来仔细查看。看上去像是一个给矮个子的人挖的墓穴，但是比普通的墓穴挖得更深一些。下方十二英尺左右的地方是黑色的水，几根防止泥土滑落的木柱开始腐朽了，肯定是在雨季的时候挖的。那个坑还不足以让里弗先生实施他的计划，估量新式碾碎机的用武之地。他习惯了做大规模的工业考量，要亲眼看见矿坑，冒烟的烟囱，一排排背靠背的昏暗肮脏的村落，办公室里的真皮扶手椅，上好的雪茄，共济会手柄。他又一次看到，正如在卢卡斯先生的办公室里一样，此时他的境遇低到了尘埃里。仿佛要指望他在一个被废弃的杂草丛生的后花园里，在一座由孩子挖的坑的旁边做生意似的。成功的百分率在炎热潮湿的空气里萎缩了。他无奈地摇摇头。他不能丧失信心，这是一座旧坑。戴维森或许后来干得很好。大家习以为常地假定金矿脉的一端在尼日利亚，另一端在塞拉利昂，横贯共和国。即使最大的矿井也是从地上的一个坑开始的。那家公司（他已经和比利时的主管交涉过）信心满满：他们所需要的就是取得留在现场的那个人的许可，认为碾碎机适用于当地的条件。一个签名，他告诉自己，那就是他所求的，他呆呆地望着黑色的水坑。

首领说过需要五个小时，但过了六个小时之后，他们还在前行。里弗先生滴米未进，他一心想先见到戴维森。他顶着酷暑走了一天。丛林使他免受阳光的直接照射，但同时也隔离了空气，偶尔会碰到一片空地，尽管他们要被直射的阳光烤焦了，但似乎也比树荫下还要凉爽，因为可以多一点空气呼吸。到了四点钟，暑气渐渐消散，但他开始担心天黑之前赶不到戴维森那里。脚令他疼痛难忍，前一天晚上钻进了一只沙蚤，仿佛有人拿着一根点燃的火柴灼痛他的脚趾。五点钟的时候，他们见到了一具黑人的尸体。

另一个长方形的坑引起了里弗先生的注意，在灰蒙蒙绿色丛林的一小片空地上。他往下看，吃惊地发现一张脸在回瞪着他，白色的眼球泡在黑水里象白磷一般。黑人的身体几乎被完全折叠在一起，这样才能塞进坑里。那个坑太小了，不能算作是墓穴，而尸体已经肿胀起来。他的肉就像是一个水泡，可以用针戳破。里弗先生感到恶心，心力交瘁。如果他能在天黑前赶到村里，他真想立即启程回去，然而现在他只能继续前行，好在挑夫没有看见尸体。他挥手示意他们继续往前走，自己跌跌绊绊地走在盘根错节的丛林里，努力抑制住恶心。他扇动着遮阳头盔，宽大肥胖的脸庞布满了汗珠，面色苍白。他以前从未见过无人照看的尸体，他见过父母被精心地摆放在那里，双目紧闭，面容梳洗干净。正如碑文上所述，他们"长眠"了，提到入眠，你是不可能联想到白色的眼球和肿胀的面孔。里弗先生真想念几句祷告词，然而在这个死气沉沉的森林里，祷告太不合时宜了，它们根本就"来不了"。

黄昏时分，有小生命苏醒了：在干草和又干又脆的树丛间，有活的生物在活动，如果只是猴子还好。它们在你四周聒噪不休，厉声尖叫，但是天色太暗，看不见它们的身影。犹如盲人置身于惊恐的人群中央,而他们却不告诉你究竟是什么令他们如此害怕。挑夫也吓破了胆。他们跳着重达五十磅的担子,一路奔跑,前面的防风灯在不断地滴油,挑夫们巨大平阔的脚板像空空的手套一样,在地上发出啪啪的声响。里弗先生紧张地听着,看有没有蚊子在附近。在这个时分,它们该现身了,然而他一只也没听到。

后来,在一条小溪上方的高地顶上,他们找到了戴维森。地面被清理为一块十二平方英尺见方的空地,上面搭了一顶帐篷,他还挖了另一个坑。他们顺着小路爬上去,昏暗的光线下,场景渐渐地映入大伙的眼帘:帐篷外面堆放着食品箱,苏打水的虹吸弯管,过滤器,一只搪瓷盆。但是没有灯光,也没有声响,帐篷的活页门敞开着,里弗先生不得不面对首领可能一语成谶的事实。

里弗先生拎着灯,走进帐篷蹲了下来。床上躺着一个人。一开始里弗先生认为戴维森的身上都是血,后来他意识到弄脏他的衬衫和卡其布短裤的其实是黑色的呕吐物,他的下巴上冒出淡黄色的胡茬。他伸出手,摸了摸戴维森的脸,要不是他的手心感觉到一丝微弱的呼吸,他还以为戴维森早已死了,因为他摸上去冷冰冰的。他把灯移得更近些,那张柠檬黄的脸色告诉了他一切:当他的小男仆提到发烧时,他没有想到这一点。确实那人不是死于疟疾,但是他回想起一八九八年他在纽约曾读到的一则奇怪的消息:在里约热内卢曾爆发过黄热病,百分之九十四的人因此而丧命。那时这则消息对他而言无关紧要,但是现在却至关重要。他束手无策地看着,戴维森病倒了,绵软无力,就像一只水龙头,不断有东西从里面汩汩涌出。

起初这对里弗先生意味着一切都已结束了，他的行程，他的希望，他和艾米丽的生活。他帮不了戴维森，这个人昏迷不醒，有几次他的脉搏跳动得很没有规律，微弱得令里弗先生觉得他已经死了，直到又有一股黑水从他的嘴里涌出，即使帮他清洗干净也无济于事。里弗先生把自己的毯子盖在戴维森原来的毯子上面，因为病人身上实在太冷了，他不知道自己这样做到底对不对，或许反而会令其丧命。如果真的还有一线生机的话，绝不会取决于盖还是不盖毯子。帐篷外，挑夫们生了一堆火做米饭，他们自己带了大米。里弗先生撑起折叠椅坐在床边。他想保持清醒，似乎这样做是正确的。他打开箱子，找出他给艾米丽未写完的信。他坐在戴维森的旁边，想写点什么，但是他除了他一遍遍反复写过的之外，什么都想不出来："照顾好自己。别忘了喝啤酒和牛奶。"

他趴在信笺上睡着了，醒来时已是两点钟，心想戴维森一定死了。然而他又错了。他口渴难忍，这时他非常想念小男仆。每次长途远行结束后，小男仆第一件做的事便是生起一堆火，架上水壶；然后等他的桌子和椅子都摆放好，水已经烧好了，只待过滤。里弗先生在戴维森的虹吸弯管里找到半杯苏打水。如果只需要顾忌自己的安危的话，他就会到小溪里去汲水，然而他顾念到了艾米丽。床边有一台打字机，这提醒了里弗先生，他可以现在开始写失利报告，这样他就不会睡着了，在将死的人旁边睡着是不敬的。他在几封早已打好并签过名的信件下找到纸张，不过信没有封口。戴维森肯定是突发急病。里弗先生寻思会不会是戴维森把那个黑人塞进了坑里，可能是他的男仆，因为这里没有仆人的迹象。他把打字机平放在膝盖上,信的开头为"在格雷附近的营地"。

对他来说这一切太不公平了,他千里迢迢而来,花费了那么多钱,耗尽了一副年逾老迈身躯的精力,只为在一座黑暗的帐篷里在一个垂死之人的身旁,迎接不可避免的毁灭,而他本来完全可以待在家中舒服的客厅里和艾米丽一起迎接这场毁灭。一想到他曾无用地跪在沙蚤、老鼠和蟑螂孳孳的地上虔诚地祈祷,他不由地心生叛逆。一只蚊子,一只他头一次听到的蚊子,嗡嗡地在帐篷里盘旋。他狠命拍打过去,他认不出自己原来在扶轮会员中的样子了。他曾迷失过,也解脱过。美德本应该让一个人有朋相伴、生活幸福、事业成功,然而里弗先生既不幸福也不成功,而他在这座狭小闷热的帐篷里唯一的同伴,不再会为虚假广告或者里弗先生觊觎邻家的牛之类的事情而感到困扰了。当你发现他们的地理特征,你便不会无动于衷。"死亡的庄严":死亡并无庄严可言;它是柠檬黄的皮肤,黑色的呕吐物。"诚实至上"①:他是在突然之间才发觉这一点大错特错了。此刻愉快地坐在打字机旁的是一个无政府主义者,他不认同世界,除了一段私人的联系,那就是他对艾米丽的爱恋。里弗先生开始打字:我已经研究了卢卡斯新式碾碎机的企划和估算……

里弗先生带着狂喜想:我赢了。这封信将是公司收到的最后一封戴维森的信。新合伙人将在布鲁塞尔整洁的办公室里拆开这封信。他将用一支沃特曼自来水笔轻叩着他的假牙,然后去找高兹先生商讨。"经全盘考虑,我推荐接受……"他们将拍电报给卢卡斯。

---

① "死亡的庄严"和"诚实至上"均为《圣经》里的教义。

至于戴维森，公司的委托人，因黄热病去世，具体死亡时间不详。另一名委托人将会派出，而碾碎机……里弗先生认真地在一张空白纸上模仿戴维森的签名。他对摹仿的笔迹并不满意。于是他把原版的签名翻过来，然后在上面描着摹仿，这样就不会被自己的书写习惯所影响。结果好多了，但仍然没让他满意。他四处寻找，终于找到了戴维森自己用的钢笔，然后开始一遍又一遍地摹仿签名。练着练着，他睡着了，一个小时之后醒来时发现灯已经灭了。油尽灯枯。他在戴维森的身旁一直守到天亮。一只蚊子叮了他的脚踝，等他伸手拍打时已经太晚了：那个嗜血的家伙嗡嗡着从皮肤里钻出来飞走了。借着天光，里弗先生发现戴维森死了。"天哪，天哪，"他说，"可怜的人儿。"他呆在角落里，轻轻地吐出这几个字眼，口腔里散发着晨起的口气，仿佛是他旧习的沉淀物。

里弗先生派了两名挑夫把戴维森齐整地塞进他自己挖的坑里。他不再惧怕这些挑夫会丢下自己，不怕功败垂成，不怕家破人散。他把写给艾米丽的信给撕了。这封信当时因为内心的担忧，写得太胆怯，用词缠绵矫情："别忘了喝黑啤酒。照顾好自己。"它已代表不了此刻的心情。他会和信几乎同时到达，然后他们就可以一起去做以前从未奢望要做的事情。碾碎机的钱只是开端。他的思绪已经超过了伊斯特本，最远到达瑞典。他觉得，如果任由自己想象的话，他甚至会想到里维埃拉。一想到"回家的路"，他便喜不自禁。他终于解脱了，不再受囿于多年来迂腐的职业，不再为要时时自省而担惊受怕：不能不诚实，不能看皮卡迪利大街上的裙子，不能在斯通餐馆促销时开怀畅饮。现在他对那个大笨鹅发出轻蔑的嘘声……

  读到此处的你，比里弗先生更加明了，你能追踪到那只蚊子的路线，从肿胀的黑人尸体，到戴维森的帐篷，到里弗先生的脚踝，或许你会相信上帝，那个体恤人性脆弱的仁慈的上帝，会乐意给里弗先生三天幸福的时光，从咬噬的齿轮上解脱的三天，而他正穿越丛林开始返乡，带着外行的伪造签字，还有被感染的黄热病血毒。这个故事原本旨在鼓舞我对慈爱的上帝深信不疑，但这个信念被我亲身体验的闷热丛林所动摇了。里弗先生现在正兴高采烈地行进在那片丛林里，当你深陷丛林，满目枯草，被死亡重重包围，无人还会抱有坚定的精神信念。当然，对待同一事物总会有两种不同的看法：这是在鲁尔喝杯啤酒，在洛林来杯珀诺茴香酒，边喝着小酒，边卖着重型机械的里弗先生最喜欢说的话。

一九三六年

兄　弟

　　首先出现的是一批共产党。他们一行有十二人左右，步履匆匆，快步沿着大街从康柏特①向梅尼蒙当②方向走去。一个年轻人和一个女孩落在后面，因为那个小伙子的腿受了伤，女孩一路搀扶着他。两人神色焦躁、神情疲惫，一副无望的样子，仿佛在赶一班心里明知无法赶上的火车。

　　距离咖啡馆还有一段路，店主就早已看见了他们。路灯依然亮着（灯泡是稍后才被子弹打碎的，巴黎的那片街区随后陷入黑暗中），那队人马在荒凉宽敞的大道上一目了然。日落后，咖啡馆里只有一个顾客，天黑没多久就能听见从康柏特方向传来的枪声。地铁站几个小时前就已关闭。咖啡店主生性固执，绝不肯认输，所以迟迟没有关上橱窗板。也可能是贪婪在作祟，连他自己也说不清是为什么。他那宽阔而发黄的额头抵在玻璃上，左瞧右看，东张西望。

　　可是，一看见神色匆匆的那群人，他立马决定动手打烊。店主

---

①②　康柏特和梅尼蒙当均是巴黎地名。

首先去警告店里唯一的顾客,此时他正在练习打台球,他围着台球桌一圈圈地绕着,开球前总是捋着稀疏的小胡子,紧皱着眉头,低垂的灯光弥散开来,让他的脸上泛着莹莹绿光。

"赤色分子来了,"店主说,"你还是走吧。我得上橱窗板了。"

"别干扰我。他们不会伤害我的,"顾客说道,"这球有点儿棘手。红球在开球区。没有靠边。击打正中部位。"他推杆击球,球直接应声落袋。

"我知道你对此也毫无办法,"店主边说边点了点已秃顶的脑袋,"你最好还是回家吧。先帮把手,帮我把橱窗板上好。我把老婆给打发出去了。"顾客把球杆在手指间擦得吱吱作响,他恶狠狠地对店主说:"就是你和我说话,把这球给打坏了。我相信你完全有理由害怕。可我是个穷光蛋。我是安全的。我不打算走。"他走到他的外套那边,取出一支雪茄。"来杯黑啤酒。"他踮着脚尖绕着球台走了一圈,球乒乓作响。上了年岁的店主轻步快速地走回吧台,心里很是烦恼。他没有拿啤酒,而是关上窗板。他的一举一动都缓慢而笨拙。远没等他上好窗板,那一队共产党已来到了店外。

他停下手里的活,颇为反感地偷偷看着他们,唯恐关窗板的声音会招惹他们的注意。他暗暗思忖,如果我保持不动,不发出声音,他们或许不会停留,这时他不怀好意地想到,警察的封锁线就在共和广场的对面。他们死定了。与此同时,我必须一动不动,一声不吭。他满足地想到人情练达造就了他的处世态度,与他的天性高度契合。于是,这位肤色泛黄、身形圆胖的店老板,透过窗板的缝隙，小心翼翼地向外张望，听见隔壁房间里台球发出撞击声，眼见年轻人搀着姑娘的胳膊，一瘸一拐地从人行道上走来，看着那伙人站在那儿，一副难以置信的神情呆呆地望着康柏特方向的大街。

当他们一走进咖啡馆，他已然站立在吧台后面，面带微笑，鞠躬致意，同时没有漏掉任何一个信息，他留意到这伙人分成了两拨，有六个人按原路返回。

那个年轻人坐在地下室楼梯上方的黑暗角落里，另外几个人站在门边，等待着事态的发展。这情景让店主觉得颇为怪异：他们站在他的店里，什么喝的都没点，却知道将要发生什么事；而他身为店主，什么也不知道，什么也不明白。终于，那个女孩说"干邑白兰地"，于是其他人都来到了吧台前。店主在给姑娘倒酒时，十分小心地给足分量，却没有倒得太多。女孩只是把酒拿给了那个坐在黑暗里的年轻人，端到他的嘴边。

"三法郎。"店主说道。她拿过酒杯，喝了一小口，转动了一下酒杯，这样那个年轻人的嘴唇可以碰到同样的地方。接着，她跪在地上，前额抵在年轻人的额头上，他俩就保持这个姿势不动。

"三法郎。"店主说，声音并不理直气壮。从他的角度看不到那个年轻人，只能看到姑娘的背影，她穿着一条黑色的棉布裙子，显得瘦小而寒酸。女孩跪在那儿，身体向前倾，寻找年轻人的脸。门口的四个人吓破了店主的胆，他知道这伙人是赤色分子，不尊重私产，他们会喝了他的酒，然后不付钱就一走了之，他们还会强奸他家的女人（不过他只有一个老婆，而且还不在家），抢他的钱财，只要他看一眼他们，就会被打死。内心的恐惧让他放弃了那三个法郎，就当钱丢了，这也比惹麻烦的好。

然而，他最不堪设想的事情还是发生了。

门口的一个人走到吧台，叫他倒四杯干邑白兰地。"好的，好的。"店主连声说道，抖抖索索地摸索着瓶塞，心里暗暗地向圣母祈祷，派个天使来吧，派警察来吧，派机动先锋队来吧。就在这时，突然地，还没等瓶塞拔出来，"一共十二法郎。"

"哦，不行，"那个人说，"这里都是同志。有福同享，有难同当。"他一本正经地调侃道，身子探过吧台："听着，我们的就是你的，也是大家的，同志。"他后退一步，将自己呈现在店主面前：蝶形领结，磨破的裤子，面黄肌瘦。"同志，还有，你的就是我们的。那么，四杯干邑白兰地。有福同享。"

"当然啦，"店主说，"我是开玩笑的。"他站在那儿举着酒瓶，四个酒杯摆在柜台上。"机关枪，"他说，"从康柏特那边。"他微笑着看着那些人在那一刻忘记了他们的白兰地，那伙人不安地聚集到门口。他思量着，很快，我就能摆脱他们了。

"机关枪，"一个红色分子难以置信地说，"他们在用机关枪？"

"那么，"这是个信号，表示机动先锋队离这儿不远了，店主深受鼓舞，开口说道，"你们假装不了你们是赤手空拳的。"他把身体探出吧台，以父亲般的口吻说："毕竟，你们知道的，你们的想法……在法国是行不通的。自由恋爱。"

"谁在说自由恋爱？"赤色分子问。

店主耸耸肩,微笑着朝着角落点点头。女孩跪在地上,头靠在年轻人的肩膀上,背对着大伙。两人悄无声息,白兰地酒杯放在身旁的地板上。姑娘的贝雷帽推到脑后,一只长筒丝袜抽丝了,从膝盖一直缝到脚踝。

"什么,那两个人?他们不是情侣。"

店主说,"出于资产阶级的想法,我还以为……"

"他是她哥哥。"赤色分子说。

大伙聚拢到吧台来,朝着店主咧嘴大笑,但声音很轻,仿佛屋子里有人在睡觉或者在养病。他们一直在侧耳倾听着。透过人头间的缝隙,店主得以看到大街对面。他能看见圣殿郊区街的一隅。

"你们在等什么?"

"等朋友。"赤色分子说。他摊开手掌,仿佛在说:你瞧,我们有福同享,有难同当。我们没有秘密可言。

圣殿郊区街的拐角有人影在晃动。

"再来四杯干邑白兰地。"赤色分子说。

"那两个人怎么办?"店主问道。

"别管他们。他们会照看好自己。他们累了。"

他们确实太累了。从梅尼蒙当走到这里是不该这么累的。他们似乎走了更远的路,吃的似乎也比他们的同志要差得多。他们忍饥挨饿,内心无比绝望,独自坐在幽暗的角落里,远离善意的闲言碎语,那友好的交谈一时间令店主恍惚了起来,仿佛他正在招待一帮好友。

他哈哈大笑,拿他们俩开了一个粗俗的玩笑,但没有迹象表明他们听懂了这个玩笑。也许他们被柜台边的同志们疏离是令人同情的,也许他们俩之间更深的同志情谊让人心生妒意。店主毫无来由地想起了杜伊勒里宫里光秃秃的灰色树木,犹如一排排画在冬日的天空上的感叹号。店主摸不着头脑,一时间乱了方寸,几近崩溃,他木然地看着门外,朝着圣殿郊区街方向张望着。

他们仿佛是久违的朋友,不久又要告别。在茫然之中,他倒了四杯白兰地。那伙人伸出被磨得光秃秃的粗糙的手指,去端起酒杯。

"等等,"他说,"我有更好的酒。"他停顿了一下,意识到大街对面正在发生什么情况。路灯照在蓝色钢盔上,机动先锋队正列队穿过通往圣殿郊区的路口,一架机关枪正对着咖啡馆的窗户。

那么,店主心想,我的祈祷灵验了。现在我该尽自己的职责,不要乱看,别惊动他们,救自己的性命。边门在他们的射程范围内吗?

"我去拿另一瓶酒来。真正的拿破仑白兰地。有福同享嘛。"他掀开吧台的掀板,从里面走了出来,可他奇怪地发觉自己竟然没有胜利的感觉。他的举动无论如何不能惊动这些人,他尽力鼓励自己,一旦放慢一次脚步、或者不经意地走错一步路,都会对法国、对他的咖啡馆、对他的积蓄造成打击。他不得不跨过女孩的双脚。她睡着了。他注意到她尖尖的肩胛骨戳破了棉布,他抬起眼睛,与她哥哥的双眼正好对上了,那双眼睛里满含着痛苦与绝望。

他停下脚步。发现自己不能什么都不说就走过去。仿佛他该解释点儿什么，仿佛他走错了派对。他故作友好，晃了晃手中的开瓶器问，"再来一杯干邑白兰地，嗯？"

"不用和他们说话，"赤色分子说，"他们是德国人。他们听不懂。"

"德国人？"

"所以他的腿受了伤。集中营。"

店主告诫自己得动作快点儿，必须把自己和他们用一道门隔开，一切就快要结束了，然而那个年轻人的无望令他不知所措。"他为什么在这儿？"没人回答他。仿佛他的问题太蠢了，不值得回答。店主低垂着脑袋走过去，女孩仍然睡着。他离开了房间，如同一个陌生人离开了一屋子的朋友。德国人。他们一句也听不懂，想啊，想啊，穿过他黑暗的大脑，穿过贪得无厌与无法置信的胜利，很久以前学会的几句德语浮出脑海，如同曝光的间谍：学校里学的《罗蕾莱》[①]里的一行诗歌，*Kamerad*[②]，战争时期表示害怕和投降，奇怪的是，不知从哪儿钻出了 *mein Bruder*[③] 这个词。他打开台球室的门，然后关上门，接着轻轻地转动下钥匙。

"边区球。"顾客解释说，然后探身跨过宽大的绿色桌面，然而当他瞄准目标、皱起恼怒的双眼时，开火了。两声爆炸，玻璃应声爆裂。女孩高喊着什么，可是他听不懂。穿过地板的脚步声，吧台掀板关上的"砰砰"声。店主靠着桌子坐着，聆听是否还有别的声

---

① 德国民间文学中传说的女妖。
② 德语，意为同志，伙伴。
③ 德语，意为我的兄弟。

音。静寂渗过门缝、渗过钥匙孔，蔓延进来。

"台布。我的上帝，台布。"顾客喊道。店主低头一瞧，他的手正把开瓶器按进桌子里去。

"这种荒唐的行为还有完没完了？"顾客说，"我回家了。"

"等等，"店主叫道，"等等。"他听着隔壁房间里的说话声和脚步声。他认不出是谁的声音。一辆车开了过来，又开走了。有人在转动门把手。

"是谁？"店主大声叫道。

"你是谁？开门。"

"啊，"顾客松了一口气，"是警察。我打到哪儿了？边区球。"他开始给球杆上滑粉。店主打开门。是的，机动先锋队到了。他又安全了，不过他的窗户都碎了。赤色分子消失了，仿佛他们从未来过一样。他看了看掀开的吧台掀板，粉碎的电灯泡，破碎的酒瓶在吧台后面滴答地流着。咖啡馆里挤满了人，这时他想起来他当时还来不及锁上边门，想到这儿，他居然松了口气，真令人费解。

"你是店主吗？"一个军官问道，"这些人每人一杯黑啤酒，给我来杯干邑白兰地。动作麻利点儿。"

店主盘算着："九法郎五十生丁。"他低下脑袋，仔细数着柜台上哗啦作响的硬币。

军官郑重地说："你瞧，我们付钱。"他朝边门点点头。"那些人，他们付钱吗？"

没有，店主承认这一点，他们没付过钱，然而，他数着硬币，把它们划拉进钱箱里时,他默默地重复着军官的命令——"这些人每人一杯黑啤酒。"其他那些人,他想,不得不说他们对喝的一点儿也不吝啬。他们要了四杯干邑白兰地。不过,当然,他们没付钱。"我的窗户,"他突然恶声恶气地抱怨起来,"我的窗户怎么办?"

"别担心,"军官说,"政府付钱。你只要把账单寄过去就行了。快点,给我干邑白兰地。我没时间闲扯。"

店主又说:"你自己瞧瞧看,酒瓶都碎成什么样了。谁来赔?"

"都会赔的。"军官说。

"我去地下室再拿点儿过来。"

他对一再地重复赔钱这个词很是生气。他想,他们进了我的咖啡馆,他们打碎了我的窗户,他们对我颐指气使,吩咐我做这干那的,还认为只要他们赔钱,赔钱,赔钱,就万事大吉了。他不禁觉得这些人才是闯入者。

"快点儿去。"军官说完,转身斥责一个把步枪靠在吧台上的下手。

店主停在地下室楼梯的顶端。他们在黑暗里,借着吧台的灯光,他可以辨认出楼梯的半截处有一具尸体。他开始剧烈地发抖,过了好几秒钟,他才擦亮一根火柴。那个年轻的德国人脑袋冲下躺着,头上的血滴落在下面的楼梯上。他两眼圆睁,瞪着店主,仍旧是带着对生命的绝望无助。店主不敢相信他已经死了。"*Kamerad*。"他说,弯下腰,火柴灼痛了他的手指,接着熄灭了。他努力地想回忆起一些德语,但是当他更深地弯下腰时,他唯一能记起的是 *mein*

Bruder。他蓦地转过身，跑上楼梯，冲着军官的脸挥舞着火柴盒，朝着军官，朝着他的手下，朝着蹲在绿色阴影中的顾客，歇斯底里般低声叫喊着："畜生！畜生！"

"怎么了？怎么了？"军官惊呼，"你是说他是你的兄弟？不可能。"他不可思议地皱着眉头看着店主，把口袋里的硬币弄得哗啦作响。

一九三六年

纪念日

查尔方特先生熨烫了他的裤子和领带。然后他折起熨衣板，把它收了起来。他个子高挑，身材保持得很好。他穿着长裤的样子显得很体面，即使身处在离谢泼德市场不远的一间家具寥寥、客卧两用的房间里，仍风度翩翩。他年方五十，但看上去不过四十五岁。他一贫如洗，却依然保持着梅菲尔①范儿。

他不安地检查了下衣领，已经有一个多星期没正式出门了，除了早晚去街角的酒馆里吃点火腿卷。去那种地方，他总是穿件外套，领口脏兮兮的。他最终断定再穿一次也无妨大碍，他并不认为该在洗衣费上太过苛刻，毕竟挣钱的目的就是为了花嘛，但也没有必要太过奢侈。再说，他隐约觉得在这餐前酒的时间里，他未必会有好运气。这次出门是为了鼓舞士气，因为一个礼拜没去餐馆露面，就会很容易放任自流，一味地宅在家里，只有早晚两次去趟小酒馆。

在五月阴冷的大风里，阵亡将士纪念日的装饰品仍然悬挂着。

---

① 梅菲尔（Mayfair），伦敦上流社交界。

彩色纸带被雨水和煤烟弄得污秽不堪，在皮卡迪利大街上空飘来飘去，人群散尽后空旷的街道上狂风肆虐。这些残留物在提醒查尔方特先生他没有分享到那一段美妙时光。他没有吹口哨、抛彩带，没有合着风琴声翩翩起舞。他举着一把折叠伞等着交通灯变绿，整洁的外形犹如格调高雅的标识。他学会了摆放手的位置，好让袖口磨损的地方不被人发现，却让刚刚熨烫过的高级领带一目了然，那条领带或许是早上刚买的。并非由于缺乏爱国心或忠诚感才让查尔方特先生整整一个纪念日周都闭门不出的。只要有人付酒单，就没人能比查尔方特先生更真诚地为国王举杯了。但是，在内心深处有一种本能在提醒他，比起礼貌的举止来，他最好还是不要四处走动为妙。很多熟人（他是这样解释的）都从乡下来了。他们想来探访他，而他总不能把他们带到这样的地方来吧？这个理由说明他考虑周全；但没有解释他为什么他郁郁不乐地盼着纪念日周早点儿结束。

现在，他又回到了老游戏中来。

是他自己那样称呼的，他抚了抚军人式的小胡子，胡子业已花白，但修剪齐整。老游戏。有人从街角疾步匆匆地往伯克利大街走去，此人开玩笑地捣了他一下，说："你好，老坏蛋！"接着便走开了，让他回忆起旧时光中捣来捣去的玩笑游戏，还让他回忆起莫迪和布博。因为他无法掩盖他在伺猎女性的事实。他也不想隐瞒。这种心态让他的职业在他眼中看来甚至显得相当英勇而逍遥。这就掩盖了这样的事实：那些女人们并不是她们所称的那么年轻，是由女人们来付账（感谢上帝！）。它还掩盖了他早就忘了莫迪和布博的事实。老相识的名单上是一大串女性的名字，但一个男人也没有。没有人比他这个有过长期艰难经历的人更适合在吸烟室里讲故事了，然而欢迎查尔方特先生的吸烟室如今都不存在了。

查尔方特先生穿过马路。生活不容易，令他身心疲惫，他要多喝几杯雪莉酒才能过得下去。第一杯雪莉酒通常都是他自掏腰包，他将这三十镑的开销列在报税单上。他低着头进门，目不斜视，因为不能让门童看出他在拉客，尽管那些海豹般的女人笨重地穿过像水族馆一样光线暗淡的休息厅。可是，他的老位置有人坐了。

他四处张望，重新找一个座位，可以谨慎地展示自己：高档的领带，小麦色的肤色，优雅花白的头发，强壮匀称的身材，一副英属殖民地退休总督的神气。他偷偷地观察着坐在他老位置的那个女人：他觉得自己以前在哪儿曾见过她，貂皮大衣，过度成熟的身材，昂贵的衣着。她的脸很熟悉，但并不过分惹眼，就像每天在同样的地方与你擦肩而过的人一样。她举止粗俗，但神情欢快，毫无疑问很有钱。他想不起来在哪儿见过她。

她的视线与查尔方特先生撞个正着，她眨了眨眼。他的脸红了，他吓坏了，这种事情在他身上从未发生过，门童在看着，查尔方特先生感到丑闻距他一步之遥，让他无法踏入这家他所熟悉的餐馆，他最后的捕猎场所，或许将他完全逐出梅菲尔，驱赶到帕丁顿昏暗的会客厅里，在那儿他英武的神气丝毫派不上用场。我很显眼吗，他暗暗思量，很显眼吗？在她第二次眨眼之前，他疾步向她走去。"对不起，"他说，"你肯定记得我。那么长时间了……"

"你看上去很面熟，亲爱的，"她说，"喝杯鸡尾酒吧。"

"那么,"查尔方特先生说,"当然我不介意来杯雪莉酒,夫人……夫人……我忘了您的姓了。"

"你是老朋友了,"那个女人说,"喊我艾米就可以了。"

"啊,"查尔方特先生说,"你看上去起色不错,艾米。太高兴了能再次看见你坐在这儿,过了这么多……月……哎呀,肯定有好几年了。上次我们见面……"

"亲爱的,我不太记得你了,当然,我看见你在盯着我看的时候……我猜是在杰明大街。"

"杰明大街,"查尔方特先生说,"肯定不在杰明大街。我从没……肯定是我住在柯曾大街的公寓里的那段时间。那里的夜晚美妙无比。后来我搬的地方太寒酸了,实在不好意思邀请你……不过或许我们可以顺路溜到你住的地方去。您的健康,亲爱的。你看上去可真年轻啊。"

"美好的日子。"艾米附和说。查尔方特先生眨了眨眼。她手摸着貂皮大衣。"可是你知道……我不干了。"

"啊,钱亏损掉了,呃,"查尔方特先生说,"亲爱的夫人,我也在这方面遭了罪。我们同病相怜。我看生意很不景气。你丈夫——我好像想起有一个令人难堪的男人,想方设法地干扰我们田园牧歌式的时光。我们过得很惬意,不是吗,在柯曾大街共度的良宵?"

"亲爱的,你弄错了。我从没去过柯曾大街。不过如果你要回到我耍吃醋丈夫花招的时候,那得回到好几年前,邦德大街附近。瞧你的记性。那时我错了。现在我明白了。再说那招也没起过作用。他看上去一点儿不像丈夫的样子。不过我现在不干了。哦，不。"她说着，身体向前倾，他能闻到她小小的丰厚嘴唇上的白兰地，"我的钱没亏掉，我赚到钱了。"

"你真走运。"查尔方特先生说。

"都是因为纪念日。"艾米解释说。

"整个纪念日期间，我都待在床上，"查尔方特先生说，"我明白一切进行得很顺利。"

艾米说："太棒了。我对自己说，哎呀，人人都应该做点儿什么，给它锦上添花。于是我就把大街给清理干净。"

"我不太明白，"查尔方特先生问，"你是说装饰品？"

"不，不，"艾米说，"根本不是那么一回事。但那在我看来一点也不好，所有这些殖民地的军人都在伦敦去找姑娘，去邦德大街、沃德大街，到处找。我以伦敦为傲，在我看来摊上那么个名声可不好。"

"人得活下去。"

"他们当然得活下去。我那时不就是亲自做生意嘛，亲爱的？"

"哦，"查尔方特先生说，"你在做生意？"他颇为吃惊。他迅速地左右看看，担心有人会留意到他。

"你瞧我开了一家妓院，和姑娘们分道扬镳。我承担所有的风险，当然还有其他的开销。我得做广告。"

"你怎么能——你怎么能把名气传出去？"出于某种职业好奇，他禁不住要问。

"简单，亲爱的。我开了一家旅行社。伦敦地狱之旅。莱姆豪斯①和类似的地方。总会有个老家伙想让导游过后给他看看私人点儿的东西。"

"太了不起了。"查尔方特先生说。

"也很爱国,亲爱的。用了一种恰当的方法把大街给清理干净了。不过当然我只挑最好的。非常挑剔。有些人不肯,她们说活都是她们在干,可是我跟她们说,这是**我的主意**。"

"那么,现在你不干了?"

"我赚了五千英镑,亲爱的。这也是我的纪念日,你看我这个样子,心里可能不会这么想。我有做生意的头脑,你瞧,我发现该是扩张生意的时机。我又在布莱顿开了一家。从某种角度来看,我把英格兰给清理干净了。对从殖民地回来的人来说也是好事。过去这几个礼拜,国家有了不少钱。再来杯雪莉酒,亲爱的,你的脸色真糟糕。"

"确实,确实你知道我该走了。"

"哦,得了。今天是纪念日,对吧?欢度节日。够点朋友嘛!"

"我大概看见了一个朋友。"

他无望地四处张望:一个朋友,他连个朋友的名字都想不起来。在一个个性比他强大的人面前,他畏缩了。她如同一朵盛装的秋日鲜花,恣意绽放。他觉得自己年老体衰:我的纪念日。磨破的袖口露了出来,他忘了摆放手的位置。他说:"也许可以。就一杯。该由我来付账。"他看见她猛地拍下桌子招呼侍者,侍者站在

---

① 莱姆豪斯(Limehouse)是旧时伦敦的贫民窟之一。

暗处，保持合乎礼仪的距离，但带着不满走了过来。查尔方特先生忍不住对她的自信和健康感到不公平。他患有神经炎，而她欢欣鼓舞。她似乎确实属于彩旗，美酒，羽毛和游行。他略显低声下气地说："我本应该看看游行的，但我力不从心。我有风湿病。"他为自己找了个借口。他的初显老态的品位无法忍受那种快活而粗俗的率性。他是跳舞高手，但在人行道上，他们比他技高一筹；他是谈情高手，既有魅力又有教养，但在公园里，他们比他更会表达爱意，盲目、陶醉、疯狂、开心。他早就知道自己会变得不合时宜，被抛弃冷落。但当他发现艾米一样都没落下时，这还是有点儿令他很没面子。

"你看上去是个规矩人，亲爱的，"艾米说，"我借你一英镑。"

"不，不，"查尔方特先生说，"真的，我不能要。"

"我猜你有钱的时候也给过我不少。"

有吗？他记不起她了。最后一次与不做生意的女人交往至今已经很久了。他说："我不能要。我真的不能要。"她在包里摸索着，而他一再申明自己的态度。

"我从不拿钱——除非，你懂的，从朋友那里。"他绝望地承认说，"或者除非是在做生意。"可他无法将视线移开。他一个子儿也没有了，而她却拿出一张五英镑的纸币，这真是太残忍了。"不行。真的。"他的市场价高达五英镑是很久以前的事了。

"我知道是什么样的，亲爱的，"艾米说，"我自己也干过这行，我了解你的感受。有时候一个绅士会跟我回家，丢给我一英镑就跑了，好像很害怕。太侮辱人了。我不喜欢什么都没干就拿人家的钱。"

"可是你大错特错了，"查尔方特先生说道，"根本不是这么回事。根本不是。"

"怎么啦，你一开口和我说话，我就明白了。跟我用不着装，亲爱的。"艾米的语气毋庸置疑，梅菲尔的派头渐渐脱落了，直到只剩下客卧两用间，火腿卷，炉子上加热的熨斗。"你不必太骄傲。如果你愿意（我无所谓，我不在乎），我们就回家，你干你的活。我无所谓，亲爱的，可是如果你愿意——我懂你的感受。"于是他们立刻手挽着手一起走到了丢弃着装饰物的大街上。

"高兴点儿，亲爱的。"艾米说。大风卷起了彩带，把它们缠在灯柱上撕扯着，风扬起了灰尘，旗帜猎猎飘扬。"女孩喜欢笑颜。"她的声音突然变得沙哑而欢快，她拍了一下查尔方特先生的后背，掐了他的胳膊，说："来点儿纪念日气氛，亲爱的。"她在老查尔方特先生身上报复了那些满世界志趣不相投的搭档。他不再有别的称呼了，除了老查尔方特先生。

一九三六年

多省下的一天

我紧紧地跟着他不放，正如人们所说的如影随形。但这样说太荒谬了。我不是影子。你能感觉到我，触摸到我，听到我的声音，闻到我的味道。我是罗宾森。但我吃饭时坐在他旁边的餐桌上，尾随他走过大街小巷，保持二十米开外，每当他上楼时，我等在楼梯底端，当他下楼时，我先他一步出门，在第一个拐角处候着他。从这一点来说，我确实像个影子，跟在他周围，忽前忽后。

他是谁？我不知道他的名字。他个头不高，相貌平平，随身带着一把雨伞。头戴一顶圆顶高帽，手上戴着棕色手套。然而他对我很重要：他身上有着我非常迫切想要得到的东西。这个东西就在他的衣服下面，或许在烟草袋里，在钱包里，也或许就贴身挂在身上。谁能预料到一个再普通不过的男人会是多么的狡猾？外科医生可以巧妙地植入体内。他很有可能把它藏在比表皮更接近心脏的地方。

它是什么？我也一直不知道。我只是猜测，就连他的名字我也是猜的，我叫他琼斯，道格拉斯，威尔斯，康比，或者福瑟林盖伊。有一次在一家餐馆里，我轻轻地对着汤喊了一声"福瑟林盖伊"，我觉得那时他抬起头四处张望。我不知道。而这正是我无法逃避的恐惧：什么都不知道，他叫什么，他身上带着什么，我为什么那么想要它，我又为什么要跟着他。

此时我们来到一座铁路大桥，他在桥下与一个朋友见面。我的措辞又不太准确了。包涵我这一点吧。我尽量说得清楚点儿。祈求上帝，让我表述得清楚些吧。我只想了解真相。那么当我说他与一个朋友见面，其实我不确定那人究竟是不是他的朋友，我只知道他满怀热情地与那人打招呼。那个朋友对他说："你什么时候走？"他说："两点，从多佛。"你说的没错，我那时摸了摸口袋，看看车票是否还在。

接着他的朋友说："你要是坐飞机的话，可以省下一天。"

他点点头表示赞同，他会浪费那张车票，他要省下一天。

我问你，省下一天对你或对他有什么重要的？能省下一天干什么？干什么？不是把时间花在旅行上，而是提前一天去探访亲友，可是你不能无止境地呆在朋友那儿呀？于是你便提前二十四小时回家了，仅此而已。可是你还会坐飞机回家，这样又多省了一天的时间？省下时间干什么呀？干什么？你会早一天开始工作，但你不能无止境地工作下去。这仅仅意味着你将提前一天结束工作。然后你将会意识到省下一天的时间实在太冲动了，因为你发现你无法逃脱绞尽脑汁所存下来的二十四小时。你要么提前、要么延后，可那些时间总要用掉，那时你多么希望能把时间简简单单地花在从奥斯坦德开出的火车上。

然而，他从未有过这样的想法。他说："是的，确实如此。那样可以省下一天的时间。我坐飞机去。"那时我差点儿想和他谈一谈。那人真自私。他以为可以省下的一天时间，或许会让他在多年后懊悔不已，而在那一时刻，懊悔的人是我。因为我一直期待着和他同在一个火车包厢里长途旅行。时值冬天，火车鲜有人乘坐，稍有运气，可能完全只有我们两人。我已经计划好了每一步。我会和他攀谈起来。由于我对他一无所知，我会用最惯常的方式挑起话由，问他是否介意我把窗户抬高点儿或者放低点儿。那样能让他知道我们说着同样的语言，他也许很乐意聊天，感觉自己身处异乡。他会很乐意接受我能给予的任何帮助，比如不时帮他翻译一下。

当然，仅仅聊天是不够的。我要了解他更多地信息，但我认为我会在我完全了解他之前就杀了他。我想，我本应该在那个晚上把他杀了，在间隔距离最远的两座车站之间，等海关已经检查过我们的行李，护照已经在边境盖好章，我们已经拉下窗帘、熄灯之后。我甚至已经计划好如何处理他的尸体，他的圆顶礼帽、雨伞和棕色手套，当然除非万不得已，除非他乖乖地交出我想要的东西。我本性是温和的，不会轻易动怒。

可是现在他已决定坐飞机去，而我对此束手无策。我跟着他，当然，就坐在他后面的座位上，看着他因为第一次坐飞机而怎样吓得发抖，怎样在好长一段时间内不敢看下方的大海，怎样把他的圆顶礼帽一直放在膝盖上。当他看见灰色的机翼像风车的臂膀斜插云霄，一座座房屋倒立起来时，他是怎样倒抽一口气。有那么一段时间，我相信，他后悔省下一天时间了。

我们一起下了飞机，过海关时，他遇到一点儿小小的麻烦。我帮他做了翻译。他有些好奇地看着我说："谢谢。"他是个——我再重申一遍，我是通过他的举止和交谈了解他这个人的——笨笨的，但有好脾气的人，但有一刻我相信他有点儿怀疑我，认为在哪儿曾见过我，地铁上、公交车上、公共浴室、铁路桥下、许多次在楼梯上。我问他几点了。他说："到这儿手表要拨慢一小时。"他两眼放光，带着可笑的愉悦，就因为他又省下一小时，如同他省下了一天一样。

我们喝了一杯，其实喝了好几杯。可笑的是他很感激我的相助。我们在一处喝了啤酒，到另一处喝了杜松子酒，又到了第三处，他坚持我俩一起分享一瓶葡萄酒。那一刻我们成了朋友。我对他比对任何人都要热情，因为，好比男女之间的爱恋，我的情感部分出自于好奇。我告诉他我叫罗宾森。他原本想给我一张名片，但他在找名片时又喝了一杯葡萄酒，于是便忘了。我们俩都有些醉意朦胧。那时我喊他福瑟林盖伊。对此他从未表示异议，那很可能就是他的名字，可我现在又想起来曾叫他道格拉斯，威尔斯，还有康比，他都没有纠正过我。他为人大度，与他相谈甚欢。蠢人往往容易相处。我告诉他自己手头急缺，他便给我一笔钱。他不会理解我真正缺的是什么。

我说："你多省下了一天。你可以空出时间和我一起去个我认识的地方。"

他说："我今晚要赶火车。"他告诉我小镇的地名，当我告诉他我也要去那儿时，他一点儿也不吃惊。

那天晚上，我们一起喝酒，一起去了车站。我一直在计划，如果万不得已，就杀了他。我想我是出于好心才可能把他从多省下的一天里拯救了出来。然而，那是一列当地的小火车。火车从一个车站慢慢地爬行到下一个车站，每一站都有人下车，也有人上车。他坚持坐三等座，而三等车厢里永远都有人。他不会说当地的语言，只好蜷缩在角落里睡觉。我一直保持清醒，被迫听着牢骚闲话：一个佣人搬弄着女主人的是非；一个农妇聊着日间集市；一个士兵谈着国教；一个男人，我想是个裁缝，说起了一件通奸案以及三年前的金针虫和当年的收成。

当我们到达旅行的终点时，已是凌晨两点了。我和他一起走向他朋友住的房子。那里离车站太近了，我没有时间计划或者实施任何计划。花园的门开着，他邀请我进去。我说不。楼下的灯火通明，窗帘没有拉上。一个人在一座大火炉旁的椅子上睡着了，托盘上放着酒杯、装着威士忌的玻璃瓶、两瓶啤酒和一支细长瓶的莱茵区白葡萄酒。我退后几步，他进了屋子，房间里立刻装满了人。我从他们的眼神和手势可以看出他很受欢迎。那里有一个穿着睡裙的女人，一个小女孩坐着，纤细的膝盖抵着下巴，还有三个男人，其中两个上了年纪。他们没有拉上窗帘，不过他肯定猜到我正在看着他们。花园里寒意袭人，冬天的花床长出毛茸茸的杂草。我把手放在荆棘的灌木丛上。他们仿佛是在故意显示他们是多么地和睦。我的朋友——我称他为我的朋友，其实他根本算不上是个熟人，而且只是在我们喝醉时才算是朋友——坐在他们中间，从他的口型我能辨认出他告诉他们的许多事情都不曾告诉过我。有一次我觉得我从他嘴唇的嚅动侦查出他说了句"我省下了一天"。他看上去笨笨的，一副好脾气，开心不已。我再也看不下去了。他这样显摆自己真是太不像话了。从那以后，我从未停止过祈祷，祈祷他省下的一天将推迟、再推迟，直到最终他将为这八万六千四百秒而受罪，那时他将迫不及待，像我现在跟着他一样，如影随形地跟着另一个人，唯有这样，他才能像我这样停下来，停下来向自己保证：你能闻到我，你能触摸到我，你能听到我的声音。我不是影子，我是福瑟林盖伊，威尔斯，康比，我是罗宾森。

一九三五年

我是间谍

查理·斯托一直等到能听到妈妈发出的鼾声,这才下了床,可他仍然小心翼翼地踮着脚尖走到窗前。这座房子的前端呈不规则状,因而从这儿是可以看见妈妈房间里是否有灯光。而此时,所有的房间黑漆漆一片。一束探照灯光在天空中划过,照亮了成堆的云团,刺探进云团间黑洞洞的空隙,搜寻着敌人的飞机。海风阵阵吹来,查理·斯托可以在妈妈的鼾声中听到海浪的拍打声。一股风穿透窗框的缝隙,轻轻拂动着他的睡衣。查理·斯托害怕了。

然而一想到父亲的烟草店就在楼下,仅相距十几级楼梯之遥,他的心思又活动了。他今年十二岁,还从未抽过烟,这一点让他在郡立学校被其他男生嘲笑。成打的香烟正堆放在楼下:金薄片大玩家烟、德雷兹克烟、阿卜杜拉烟,还有忍冬牌香烟。这座小小的烟草店笼罩在散发着霉烟味的薄雾中,完全可以掩护他的罪行。查理·斯托清楚地明白从父亲的店里偷香烟可是个大错,但是他并不爱自己的父亲。在他眼里,父亲不是一个真真切切的人,而是一个身形瘦削、脸色苍白、行踪飘忽不定的幽灵。父亲总是隔一段时间才会注意到他的存在,甚至还会粗暴对待妈妈。对妈妈，他毫不掩饰自己强烈的爱。妈妈庞大的身躯、大嗓门的吵嚷和充满爱意的唠叨填满了查理的整个世界。按照妈妈的说法，她和所有人都是朋友；下至教区牧师的妻子，上至"亲爱的王后"，而那群潜伏在云团后面的齐柏林飞艇里的怪物"德国佬"当然不算。然而，父亲的行踪和他阴晴不定的情感一样，总是飘忽不定，难以捉摸。他说今晚会待在诺里奇，可是很难说他究竟是不是在那儿。在顺着木头楼梯摸索着往下走的时候，查理·斯托丝毫没有放松警惕。木头楼梯一旦发出咯吱声，他便紧紧握住睡衣的领子。

到了楼梯的底端，他迅速地下了台阶，闪入小小的店铺。光线太暗，看不清路，再说他也不敢开灯。他绝望地坐在最后一层台阶上，双手托住下巴，坐了足有半分钟之久。这时，有规律移动的探照灯光被上面的窗户反射过来，这使得男孩有时间按照记忆确定香烟垛、柜台以及柜台下面的那个小洞的位置。人行道上传来一个警察的脚步声，吓得他赶紧抓了一盒香烟，立即弯腰躲进了小洞里。一束光斜照在地板上，有一只手在试着推门，接着有脚步声传来。查理在黑暗里吓得缩成了一团。

终于他找回了勇气，用他一向好奇的成年人的方式告诉自己，即使被抓住了，那事已至此，做什么也无济于事了，不妨就抽一支吧。他把一支烟放进嘴里，这时才想起来没有火柴。有好一阵子，他不敢轻举妄动。探照灯三次照亮了店铺，他口中念念有词，一会儿奚落自己，一会儿给自己鼓劲儿。"大不了像只羊一样被吊死。""孬种，胆小鬼。"成年人的规劝与孩子气的规劝就这么奇怪地交织在一起。

可是,他刚一动弹,就听见街上传来急促的脚步声,听上去有好几个人。查理·斯托是个大孩子了,知道这时四周不该有人。脚步声越来越近,停了下来。钥匙在门锁里转动,一个声音说:"让他进来。"接下来,他听见父亲在说话。"先生们,劳驾声音轻一点儿。别把我家人吵醒。"父亲的语气不像平时那么干脆,语调也让查理感到陌生。一只手电筒点亮了,灯泡发出蓝幽幽的光。男孩屏住呼吸,他甚至怀疑父亲能听见他的心跳声,于是他紧紧抓住睡衣,开始祈祷,"哦上帝,千万别让我被逮住。"透过柜台上的一个缝隙,他可以看见父亲站的位置。父亲的一只手抓着又高又硬的领子,他正站在两个人的中间,那两人头戴圆顶帽、身穿系带雨衣。都是不认识的人。

"抽支烟吧。"父亲的声音干巴巴的。其中一个人摇摇头说:"不可以的,执行公务时不可以。多谢了。"他的话音很轻柔,但丝毫不亲切。查理·斯托想,父亲一定是生病了。

"介意我拿几包放在口袋里吗?"斯托先生问道。见那人点点头,于是他便从货架上拿起好几包金薄片大玩家烟,用指尖轻轻抚摸着烟盒。

"好吧,"他说,"事已至此,做什么也无济于事了,我不妨还是抽几支吧。"父亲环视着店铺,目光凝重,一个角落都没有放过。那一刻,查理·斯托真怕被父亲发觉,或许他从一开始就已经发觉了。父亲开口说道:"对喜欢抽烟的人来说,这是个不错的小生意。估计我太太会把它卖了,否则的话邻居也会砸了它的。好吧,你们想走了。小洞也得及时补啊①。我去拿件大衣。"

"我们得有个人跟你去,希望别介意。"那个陌生人说话很客气。

"不必费事。大衣就在这里,在挂衣钩上。好了,我准备好了。"

另一个人颇为尴尬地问道:"想和你太太说句话吗?"父亲的嗓音虽然尖细,但语气很果断:"我不去。明日事,明日毕②。她以后还会有机会的,是吧?"

"是的,是的。"其中一个人连声说道,语气变得欢快而乐观。"不要太过担心。毕竟生活还在……"父亲突然想要笑出声来。

门刚一关上,查理·斯托就轻手轻脚地回到楼上,钻进了被窝。他不明白父亲为什么这么晚了又要离开家,而那两个陌生人到底是谁呢?诧异与惊惧让他一时还睡不着,就仿佛一张熟悉的照片从相框里走出来,责备他太疏忽。他清楚地记得父亲紧握着领子用谚语来为自己打气的样子。而这时他第一次意识到,妈妈嗓门大,有亲切感。父亲和自己很像,在黑暗里干着连自己都害怕的事情。要是能跑下楼,亲口对父亲说爱他该有多好啊!可是他能听见窗外急促的脚步声渐渐远去。房子里只剩下他和妈妈了。他睡着了。

一九三〇年

---

① 原文 A stitch in time. 来自谚语 A stitch in time saves nine. 意为"小洞不补,大洞吃苦"。
② 由谚语"今日事,今日毕"变格而来。

铁证如山

疲惫的声音仍在继续。演讲者在克服巨大的障碍。这个人病了，卡拉肖上校心想，他即感到同情又觉得恼怒。年轻的时候，他曾攀越过喜马拉雅山脉，他记得在高海拔的地方，每前进一步都要喘上好几口气。温泉疗养院音乐厅里高达五英尺的演讲台似乎要消耗演讲者同样的力气。他可真不应该在这样一个阴冷的下午出来，卡拉肖上校边想边倒了一杯水，推到演讲台的另一侧。房间冷得要命，冬日昏黄的浓雾摸索着一扇扇窗户的裂缝。很显然，演讲者已经完全脱离了听众。听众三三两两地分散在大厅各处——老太太们不近人情地毫不掩饰她们的不耐烦，还有一些男人，从外表看像是退休军官，装模作样地做出一副感兴趣的样子。

卡拉肖上校是当地灵异社团的主席，一周前，他收到来自演讲者的一张便条。上面的字迹颤颤巍巍的，可能是由于疾病、高龄或者酗酒造成的，言辞迫切，要求为社团做一次专门的集会。趁着记忆还新鲜，想要描述一次非同寻常的、令人叹为观止的经历，不过对于经历的内容倒是含糊其辞。如果便条上的签名不是写着印度军团退休少校菲利普·韦弗的话，卡拉肖上校就不会那么痛快地答应下来。同为行伍中人，应当尽其所能地满足兄弟军官的要求。颤抖的笔迹肯定是因为上了年纪或者生病了。

当两人第一次在讲台上见面时，原因被证实是后者。韦弗少校年龄不超过六十岁，身形瘦削，肤色黝黑，鼻子长得又丑陋又固执，眼神里透着讥讽，看上去是个最不可能有什么无法解释的经历的人。最令卡拉肖上校反感的是韦弗身上搽了香水，一方白色的手帕从他的胸袋低垂下来，散发出浓郁的香气，几乎可以和整个祭坛的百合花相匹敌。几位太太给鼻子扑了扑粉，而莱德比特将军大声地问能不能抽支烟。

显然韦弗对此心领神会。他挑衅地微微一笑，不慌不忙地问道："可以不抽烟吗？我的嗓子不好已经有一段时间了。"卡拉肖咕哝着说天气太糟糕了，流感造成的咽喉痛太普遍了。讥讽的眼睛转到他的身上，把他看个透彻，韦弗的嗓音传到半个大厅："我得的是癌症。"

在又惊又恼的沉默过后，大家表现出多余的友善，等不及卡拉肖介绍，韦弗便开始演讲了。仿佛他在赶时间似的。只是到了后来，他的演讲中才出现了那可怕的障碍。他声音高亢，不时发出尖锐的破音，这样的声音在练兵场上肯定难以入耳。他赞扬了几句当地社团，言辞夸张，足以引起大家的不快。他说他很高兴能给大伙一次听他做演讲的机会，他的演说可能会整个地改变大家对物质和精神的相对价值观。

神秘主义的玩意儿，卡拉肖心想。

韦弗高亢的声音开始急速地说着一些陈词滥调的东西。他声称精神的力量比任何人所认识到的还要强大，心脏、大脑和神经所引发的心理行为都是从属于精神。精神是万物之本。他再次重申，音量高得像飞向屋顶的蝙蝠："精神远比你们所认为的要强大的多。"他一只手放在喉咙上，眯着眼斜视着窗框和依偎着的大雾，视线又向上移，光秃秃的电灯泡，被烧得咝咝作响，昏黄的下午光线暗淡。"它是永生不朽的。"他神情严肃地告诉大家，而大伙儿在座位上左移右挪，坐立不安，浑身不自在，疲惫不堪。

就在这时，他的声音听上去很累的样子，而演说也磕磕巴巴的。或许原因就在于他意识到自己已经完全脱离了听众。一位坐在后排的老太太从包里拿出了毛线活，编织针反射着光线，反光映在墙壁上一闪一闪的，犹如一个发光的嘲弄人的精灵。那一刻讥讽从韦弗的眼睛里消失，卡拉肖看见他的眼中只剩下空白，仿佛眼珠变成了玻璃珠。

"这一点至关重要。"演讲者对他们喊着。"我给大家讲一个故事……"听众的注意力暂时被他答应要说点实际的东西所吸引过去，然而老太太的编织针的沉默并没有安抚他的情绪。他对着大伙儿轻蔑地说："先兆和奇迹。"

他的演说彻底乱了头绪。

他的手掌在喉咙上来回摩擦着，他先是引述莎士比亚，然后是圣保罗的迦拉太书[①]。随着语速越来越慢，演说也失去了逻辑，不过时不时地卡拉肖会吃惊地发现，两个毫无关联的观点被巧妙地

[①] 新约圣经里的迦拉太书。

并置在一起。这就如同一个老人的谈话从一个话题跳跃到另一个话题，话题间被下意识地串联起来。"我在西姆拉①的时候。"他说着，蹙着眉头，似乎是在躲避营房操场上的阳光，但或许是寒霜、浓雾和灰暗的房间打断了他的回忆。他开始再次向一张张疲惫不堪的面容保证，灵魂不会随着肉体的消亡而消亡，肉体仅仅是按照精神的意愿在移动。人要顽强，要紧紧抓住……

真可悲，卡拉肖想，这个病人坚持自己的信念不放。如同生命是个濒临死亡的独子，而他仍希冀与之保持某种交流……

听众里传出一张字条给卡拉肖。是坐在第三排的布朗医生写的，他个头矮小，但思维活跃，善于质疑，社团视其为珍宝。字条上写道："你能让他停下来吗？显而易见，此人身患重病。再说，他到底在说些什么呀？"

卡拉肖向斜上方看去，当他看见转动不停的讥讽的眼睛令嘴巴说出谎言，看见韦弗的手帕仿佛在香水里浸泡过，散发着令人难以忍受的气味时，他的同情心便消失了。这个人是个"外人"，他回去后要查看下往年军人名册里有关此人的记录。

"铁证如山。"韦弗还在说着，每说一个字都要发出刺耳的叹息声。卡拉肖把手表放在桌面上，但是韦弗置之不理。他一只手撑在桌子的边缘。"我将给你们展示，"他说话越来越困难，"确凿的证……"刺耳的声音静止了，如同唱片针走到了终点，然而安静并没有持久。那张面无表情的脸上发出一声酷似猫叫的声音，把听众

---

① 西姆拉（Simla），印度北部城市。

的注意力一下子拉了过来。他继续发出叫声，不带丝毫的情感和理解，一连串费解的声音，低低的唇语，怪异刺耳的音符，他的手指敲打着桌面。声音令人想起不计其数的降神会，通灵的媒介，半空中摇动的铃鼓，暗中喃喃低语鬼神的琐事，密不透风、昏暗肮脏的房间。

韦弗慢慢坐下，头向后仰着。一个老妇人紧张地大哭起来，布朗医生疾步跨上讲台，弯下腰来查看。卡拉肖上校看见医生把手帕从口袋里拉出来，颤抖着把手帕抛开。卡拉肖感觉到另一种更加令人不快的气味，这时他听见布朗医生小声说："让大伙快走。他死了。"

他听上去很沮丧，这对一个见惯了死亡的医生而言颇不寻常。在按吩咐去做之前，卡拉肖越过布朗医生的肩头看了一眼尸体。韦弗少校的遗容令他很是不安。过了大半辈子，他见识过各种死亡，有人亲手开枪自杀，有人丧命于野地，但从未见过这种生命凋谢的样子。尸体犹如在海水里浸泡长时间后被钓上岸一般，面部的肌肉好似熟过头的水果，一碰便会掉下来。所以他一点也没觉得意外地听到布朗医生低声地宣布："这个人死了肯定有一个礼拜了。"

最令上校深思的是韦弗的断言——"铁证如山"——或许他所说的铁证是指精神比肉体更长久，精神经久不衰。然而他实际上所展示的却是，在没有肉体的协助之下，精神如何在七天内腐烂为喃喃的胡言乱语。

一九三〇年

第二次死亡

傍晚，她在村外的大树下找到了我。我一直不太喜欢她，一旦看见她向我走来，我便躲起来。我肯定她是要谴责她儿子的各种恶行。如果那些算是恶行的话，那我绝不承认。无论如何，他为人慷慨大方，从不吝啬，与村里的其他人没什么两样。

我当时正盯着一片树叶看，否则的话她就不会找到我了。叶子从枝条上悬挂下来，叶柄被风横面折断，也许是被村里的孩子扔的石头折断的。只留下叶柄青色的硬皮连着叶子挂在那儿。我观察得很仔细，因为有一只毛毛虫正从叶片上爬行，使得叶子来回摇荡。毛毛虫的目的是树枝，我真怀疑它能否安然地到达目的地，或者它是否会和树叶一起掉到水里。树下有一个池塘，由于重质黏土的缘故，池水一直泛红。

我不会知道那只毛毛虫到底有没有爬到树枝了，因为正如我刚才所述，那个凄苦的女人找到了我。她的声音在我耳后响起，我这才知道她的到来。

"我找遍了所有的酒吧才找到你。"她的声音苍老而尖锐。她一贯如此，使用"所有的酒吧"这个字眼，但这里只有两座酒吧。她一向喜欢报虚功。

我很烦，说话的口气也由不得地严厉了点儿。"其实你完全不必费那个事儿，"我说，"你应该知道，天气这么好的夜晚，我是不会呆在酒吧里的。"

刁蛮的老妇人变得低声下气起来。每当她有所求的时候，总是表现得心平气和的。"是我那个可怜的儿子。"她说。意思是他病了。如果他没有生病，我听到她用过的最好的字眼便是"那个遭天谴的小子。"她命令他每天晚上午夜前必须回家，仿佛在这个小村子里，和我们这样的人在一起就会闯下大祸似的。当然我们很快就找到骗过她的办法，但这却是我所反对的事情的原则——一个年过三十的成年人被妈妈呼来唤去，就是因为她没有丈夫可以支配。不过一旦他病了，尽管可能是小小的伤风感冒，也会被称作"我可怜的孩子。"

"他要死了，"她说，"天知道，没有他我该怎么活。"

"这样，我恐怕帮不了你。"我说。我很生气，因为他以前也曾快死过一次，而她什么事都没干，却要几乎把他给埋了。我猜想这次又是旧戏重演，人快死了，又活过来了。大约一周前我曾看见他上山去见农场里一个胸部丰满的女孩。我看着他走远，渐渐地变成一个小黑点，然后一闪进入田地里的一只方形盒子里。那是他们通常幽会的谷仓。我的视力非凡，我以挑战目力所及之远、所见之清晰而为乐。午夜后不久我又遇见他，协助他在妈妈毫无知晓地情况下进入家门，那时他还好好的——只是看上去有点儿睡不醒的样子，还有点儿累。

老泼妇又开始了。"他一直要见你。"她冲着我尖叫。

"如果他真的想你所说的病了,"我说,"最好还是去请医生。"

"医生在那儿,可是他什么也做不了。"我承认这让我呆了片刻,半晌才缓过神来,心想:"这个老奸巨猾的家伙在使诈。他自有安排。"他有办法骗过医生。我曾见他佯装大发雷霆,几乎可以让摩西信以为真。

"看在老天的分上,你就来吧,"她说,"他好像很害怕。"语气一下子变得很真诚,我想她还是喜欢他的。我不由得有点可怜她,因为我知道他一点儿都不在乎她,而且对于这一点毫不隐瞒。

我离开了树林、红色池塘,还有挣扎着的毛毛虫,因为我明白既然她"可怜的孩子"要见我,她就不会放过我的。可就在一个礼拜之前,她还尽其所能地要把我们分开。她认为是我带坏了她儿子,似乎任何一个有道德的人都应该把她儿子从他垂涎的女人身边拉开。

我觉得这是我到这个村子十年来第一次从前门进入他们家的农舍。我含着笑看了看他的窗户。我觉得可以看见一周前我们俩把梯子靠在墙上的印迹。我们费了点事才把梯子竖直了,不过他妈妈仍然酣睡不醒。梯子是他从谷仓带过来的,等他安全地进去后,我又把梯子拎了回去。但你不能把他的话当真。即使对他最好的朋友,他也会撒谎,我回到谷仓的时候,那个女孩已经走了。他要是不能用他妈妈的钱来贿赂你,那么他就会用别人的承诺来贿赂你。

我一进门就有一种不祥的感觉。房子原本就应该静悄悄的,这很正常,因为他们这一对母子从来不留宿朋友,其实老泼妇有个嫂子就住在几里地远。医生下楼来迎接我们,但他的脚步声令我很不快。出于对我们的考虑,他的脸扭曲成虔诚肃穆状,似乎死亡带有某种神圣的成分,即使是我好朋友的死亡。

"他清醒着,"他说,"但是快不行了。我无能为力了。你要想让他走得安宁点儿,最好让他朋友上去。有什么东西吓坏了他。"

医生说的没错。我弯腰从门梁下进入我朋友的房间,我立刻就意识到这一点。一只枕头撑着他,他两眼看着门,盼着我的到来。眼睛里闪着亮光,却有惊恐之色,头发黏糊糊的,一缕一缕地挂在前额上。我以前从未发现他长得那么丑。他的眼神贼兮兮的,总是从眼角看人,不过他一旦身体痊愈,恢复正常,眼睛便亮晶晶的,让人忘了狡诈的眼神。炯炯有神的眼睛含着欢欣,又有点肆无忌惮的意味,仿佛在说:"我知道我又狡猾又难看。那又怎么样呢?我有种。"我猜想正是那亮晶晶的眼神才吸引、刺激了那些姑娘。现在,光芒不见了,他纯粹就是个无赖。

我觉得我有义务给他打气,于是我就他一个人在床上的事情开了个小玩笑。他好像对此不以为然,他叫我坐下,声音很尖锐,我开始担心他是不是要从宗教的角度来对待自己的死亡。

"我快要死了,"他说,语速很快,"我想问你点儿事。医生一点儿用也没有——他以为我在说胡话。伙计,我很害怕。我想让人帮我消除这个疑虑,"停顿了很久之后,"一个有点儿常识的人。"他的身子滑下去一点儿。

"我以前只得过一次重病,"他说,"在你来之前。我那时还是个孩子。大家都说我该死了。他们正把我抬出去给埋了,一个医生及时阻止了他们。"

这样的事情我听过很多次，我不明白他为什么要告诉我这些。而接下来我好像明白了。他妈妈过去从未如此迫切地想看看他是否会死得其所，但我毫不怀疑她一定会做出悲痛万分的样子——"我可怜的孩子。没有他我该怎么办哪！"我深信到那时她会坚信自己，正如此时她对自己深信不疑一样。她不是凶手。她只不过有点儿草率了。

"瞧这，老伙计，"我说，我把他的枕头垫高了点儿，"不用害怕。你不会死的，不管怎样，我不亲眼看见那个医生切开一条血管或其他什么的，我是不会让他们把你搬走的。那些不过是生病时候的怪念头。我用衬衫打赌，你还能活好多年。还有好多姑娘。"我加了一句，把他逗笑了。

"你能不能戒了那个？"他说，于是我明白他皈依宗教了。他说，"我要是能活下来，我不再碰别的姑娘。我不会了，一个也不碰。"

说了这番话，我拼命想忍住笑，但不苟言笑确实不太容易保持。病人的道德观总是有点儿滑稽。我说："不管怎样，你没有必要害怕。"

"不是那样的，"他说，"老伙计，那次我醒过来的时候，我以为我死过去了。根本不是睡着了。或者静静休养。我身边总是有个人，他什么事都知道。每一个我有过的姑娘。甚至那个什么都不懂的小女孩。那是在你来我们村之前的事。她住在大路一里地外，现在瑞秋住在那儿，不过她和她们家后来都搬走了。甚至我从妈妈那里偷的钱。我不认为那是偷。都是一家人。我没机会解释。甚至我脑子里有过的念头。人没法控制自己的想法。"

"噩梦。"我说。

"是的,我受不了疼。这不公平。我想昏过去,但我不行,因为我死了。"

"在做梦。"我说。他的恐惧让我很紧张。"在做梦。"我又说了一遍。

"是的,一定是一场梦,——是不是?——因为我醒了。奇怪的是我觉得自己很健康、很强壮。我下了床,站在路上,就在不远的地方,地上尘土飞扬,那有一小群人,抢走了一个人——那个当年阻止他们把我埋了的医生。"

"那又怎样?"我说。

"老伙计,"他说,"假如那是真的。假如我死过。我相信,你知道吗,我妈妈也相信。但她的话是信不过的。我又活了几年。我觉得那可能是一种第二次机会。然后事情就变得模糊了,有点儿……这不太可能。这不可能。当然不可能。你知道这是不可能的,是不是?"

"当然了,不可能的,"我说,"现在没有这样的奇迹。总之,不可能在你身上发生,对吧?光天化日的。"

他说:"要是真的就太可怕了,我还得再经历一次。你想象不到梦里我都发生了什么事。现在会更糟。"他停了一下,过了片刻,郑重其事地加了一句:"人要是死了,就不会再有意识不清了。"

"肯定是个梦。"我说,捏了捏他的手。他的胡思乱想把我吓坏了。我希望他快点儿死掉，这样我就能逃开那双贼兮兮的、充满血丝、惊恐万分的眼睛了，然后去看点儿让人高兴的、有趣的东西，比如他提到的就住在一里开外的瑞秋。

"怎么啦！"我说，"如果有人能想那样制造奇迹，我们就应该听别人说过，你放心好了。尽管上帝都抛弃了这里。"

"有这样的事。"他说，"不过那些故事只在穷人里传来传去，他们什么都相信，不是吗？他们说他医好了好多病人和残疾人。有一个人，生下来就瞎了，他来了，只是碰了碰他的眼皮，他就能看见光了。那些都是老妇人的故事，不是吗？"他问我，结结巴巴地，怕得要命，然后，突然他缩在床边，躺着一动不动。

我开口说道："当然，那些都是谎言，"可我闭上了嘴，因为没有必要了。我能做的便是下楼告诉他妈妈，叫她上楼帮他合上眼睛。给我座金山我也不愿碰他的眼睛。很久以来，我都没有想起那一天了，好多年了，那天我感到一个凉凉的东西，仿佛是唾液碰了碰我的眼皮，我睁开眼睛，看见一个好像一棵树似的人影，身边仿佛被别的树给包围起来，渐渐地走远了。

一九二九年

散　场

彼得·莫顿被照在脸上的第一道光线给惊醒了。雨水拍打着玻璃。今天是一月五号。

他向桌子对面望去，桌子上点着的夜烛已经滴成了一汪水，桌子的另一边放着一张床。弗朗西斯·莫顿还在睡，彼得又躺下来，眼睛仍然看着弟弟。一想到其实他是在看自己，他就不禁莞尔，一样的头发，一样的眼睛，一样的嘴唇，一样的脸颊轮廓。可是当他意识到今天这个日子的重要性，这个想法很快变得无趣。今天是一月五号。他简直不敢相信亨纳-福尔肯太太最后一次给她的孩子们办晚会已经是一年前的事情了。

弗朗西斯突然翻过身，胳膊横放在脸上，堵住了嘴巴。彼得的心跳得很快，不是因为兴奋，而是不安。他坐起身来，冲着桌子对面喊道："醒醒。"弗朗西斯的肩膀晃了晃，挥舞着一只拳头，拳头握得紧紧的，眼睛却仍然闭着。彼得·莫顿觉得整间屋子的光线黯淡下来，感觉有只大鸟在空中俯冲下来。他又大喊道："快醒醒。"银色的光亮再次闪回，雨水仍在拍打着窗棂。弗朗西斯揉了揉眼睛。"是你在叫吗？"他问。

"你做噩梦了。"彼得说。以往的经验让他知道他们俩彼此心灵相通。他年纪大一点儿，其实只大几分钟，当弟弟还在疼痛与黑暗中挣扎的时候，那额外的片刻的光亮给了他自立的信心，让他本能要去保护另一个天性胆小的弟弟。

"我梦到我死了。"弗朗西斯说。

"是什么感觉？"彼得问。

"记不得了。"弗朗西斯说。

"你梦到一只大鸟。"

"有吗？"

两人面对着面沉默不语地躺着床上，同样绿色的眼睛，同样往上翘的鼻尖，同样坚定的嘴唇，同样过早成型的下巴。一月五号，彼得又想到这一点，他的思绪从蛋糕的样式飘到了可能赢得的奖品。汤匙盛蛋赛跑，在水盆里刺苹果，捉迷藏。

"我不想去，"弗朗西斯突然开口说道，"我猜乔伊斯会去……梅贝尔·沃伦。"让他气恼的是，那两个人也要参加晚会。她们俩都比他大。乔伊斯十一岁，梅贝尔·沃伦十三岁。雄赳赳地迈着大步，长长的大辫子骄傲地甩来甩去。每当看着他笨手笨脚地端着鸡蛋，她们低垂的眼皮透出蔑视，她们的性别令他感到羞辱。而去年……他的脸从彼得方向转开，他面红耳赤。

"怎么啦？"彼得问道。

"哦，没什么。我不太舒服。我感冒了。我去不了晚会了。"彼得还没搞明白。"可是，弗朗西斯，感冒厉害吗？"

"要是去了晚会，感冒就会厉害了。我可能会死的。"

"那你就别去了。"彼得说,熟练地用一个简单的句子解决所有的困难,于是弗朗西斯紧张的神经松弛了,把所有的事情都留给彼得来应付。然而尽管他心里很感激,但他并没有把脸转向哥哥。他的两颊仍带着羞愧之色,因为他想到了去年在一座黑洞洞的房子里玩捉迷藏的游戏,想起了当梅贝尔·沃伦突然把手放在他胳膊上时,他厉声尖叫的情形。他没听见她的脚步声。女孩子就是这样。她们的鞋子不会吱吱地响。脚下的地板也不会嘎吱嘎吱响。走路就像爪子有肉垫的猫一样无声无息。

保姆端着热水进来,弗朗西斯静静地躺着,由彼得来应付。彼得说:"姆妈,弗朗西斯感冒了。"

这个高大刻板的女人把毛巾搭在水罐上,没有转身,说道:"拿去洗的衣服明天才能送来。你得把你的手帕借几块给他用。"

"可是,姆妈,"彼得问,"他是不是最好呆在床上?"

"早上我们带他出去散散步,对他有好处,"保姆说,"风会把病菌吹走。快起床,你们两个。"然后她出去关上了门。

"对不起,"彼得说,"你干脆就躺在床上。我跟妈妈说你病了,起不了床。"然而弗朗西斯无力抗争命运。如果他躺在床上不起来,他们就会上楼来,敲打他的胸,放一支温度计在他嘴里,再看看他的舌头,于是他们就会发现他在装病。他确实觉得不舒服,胃里感觉空空的,恶心的很,心跳得厉害,可是他心知肚明,这只是因为害怕,害怕晚会,害怕被迫一个人藏在黑暗里,身边没有彼得作伴,也没有夜烛天赐般地撕裂黑暗。

"不了,我马上起床,"他说,接下来语气突然变得绝望起来,

"但是我不会去亨纳-福尔肯太太的晚会。我向圣经发誓,我不会去的。"现在他想一切都肯定没事了。上帝不会允许他违背如此庄重的誓言。上帝会为他指明一条道路。他还有整个上午以及四点钟之前的下午的时光。没必要去担心小草被早霜冻得硬邦邦。什么事都有可能发生。或许他会割伤自己,或者摔断了腿,又或者真的得了场重感冒。上帝总会想出办法。

他对上帝充满了信心,早餐时当妈妈问道:"我听说你感冒了,弗朗西斯?"他也没有把它当做一回事。"我们该了解点儿情况,"妈妈颇有些嘲弄,"要是今晚没有晚会的话。"弗朗西斯微微一笑,他很吃惊地发现妈妈对他毫不关心,这令他有些气馁。如果那天早上出去散步他没有碰见乔伊斯的话,幸福会更持久一些。只有他和保姆两个人,彼得去了柴房,他要把他的兔笼做完。如果彼得也在的话,他就不会那么在意了。保姆也是彼得的保姆,可是现在好像成了他的专职保姆,就因为不放心他独自一个人散步。乔伊斯比他大两岁,她是一个人。

她大步走向前来,辫子上下翻飞。她不屑地瞟了一眼弗朗西斯,卖弄地对保姆说:"你好,姆妈。你今晚会带弗朗西斯去参加晚会吗?梅贝尔和我都去。"然后她朝着梅贝尔·沃伦家的方向走去,刻意地表现出自己是独自一人走在长长空旷的大路上,一副自负的样子。"多漂亮的姑娘。"保姆说。弗朗西斯没有作答,又感受到心脏在怦怦地跳,这让他意识到晚会的时间步步逼近。上帝没为他做任何事,而时光一分一秒地飞逝。

时间过得太快,容不得寻找任何遁辞,甚至来不及让他的心脏做好准备,迎接即将到来的折磨。完全尚未准备就绪,他就已站在家门口,那一刻,痛苦几乎将他击倒。为了避寒,他把大衣的领子竖了起来,保姆手持电筒,在黑暗里照亮一段短短的路。身后大厅灯火通明,传来佣人们摆放晚餐的声音,爸爸妈妈将独自用餐。他差一点就要转身跑回家里,大声告诉妈妈他不要去参加晚会,他不敢去。这样他们就不会叫他去了。他几乎可以听见自己在说最后的陈词,打破父母总是完全忽略他的想法的障碍。"我害怕去。我不要去。我不敢去。他们要叫我藏在黑暗里,我怕黑。我会尖叫,尖叫,再尖叫。"他可以看见妈妈脸上惊异的神情,接着就是大人一番说服,冷酷的反击。

"别傻了。你必须去。我们已经接受了亨纳-福尔肯太太的邀请。"但是他们不会强迫他去的。他站在门口犹豫不决,而保姆已经踏在铺满冰霜的草地上,向大门走去,他知道。他会回答说:"你可以说我病了。我不要去。我怕黑。"而妈妈会说:"别傻了。你知道黑暗里没什么好怕的。"但是他明白这样的道理是虚假的,他知道他们也会同样教育说死亡没有什么可怕的,但他们自己却吓得尽力躲避它。然而,他们不能强迫他去晚会。"我会尖叫。我会尖叫。"

"弗朗西斯,快走啊。"他听见保姆的声音越过微微泛着磷光的草地,昏黄的手电筒的光圈从树上照到灌木丛里。"来了。"他绝望地喊了一声。他没有勇气把他最后的秘密公之于众,能与妈妈开诚布公,不过还有最后的一线希望,他可以恳求亨纳-福尔肯太太。这个念头让他心里舒服了一点儿,他稳稳地迈着步子,穿过大厅,向她庞大的身躯走去。他的心跳忽快忽慢,但他现在可以控制自己的声音,他字斟句酌地说道:"晚上好,亨纳-福尔肯太太。多谢您邀请我参加晚会。"他紧绷的小脸只够到她胸线的高度,彬彬有礼的致辞是事先准备好的,这令他看上去像是个干枯的小老头。作为双胞胎之一,在很快方面他都像是个独子。和彼得交谈如同和镜子里的自己交谈,由于玻璃的缺陷,使得另一个形象略有改变,于是反射回来的那个他与他心目中的自己有所出入,他希望自己不再莫名地害怕黑暗,害怕陌生人的脚步声,害怕尘土飞扬的花园里飞翔的蝙蝠。

"乖孩子。"亨纳-福尔肯太太心不在焉地说道。然后,她手臂一挥,仿佛孩子们都是一群小鸡似的,便把他们赶去加入一连串事先安排好的活动中:汤匙盛蛋赛跑,双人绑腿赛跑,刺苹果,这些游戏无异于是对弗朗西斯的羞辱。在游戏的间歇,每当不需要他加入的时候,他便站在角落里,尽可能地远离梅贝尔·沃伦不屑的注视,他在盘算怎样才能躲开即将到来的恐怖的黑暗。他知道喝茶之前还无需担忧,直到他坐在康琳·亨纳-福尔肯十支蜡烛昏黄的光圈之中,他才清楚地意识到恐惧的迫近。他听见乔伊斯在桌子另一端高声说道:"喝完茶我们去玩黑暗捉迷藏。"

"哦,不了,"彼得看着弗朗西斯痛苦的面容说,"别玩了。我们每年都玩。"

"可是节目单上写着呢,"梅贝尔·沃伦喊道,"我亲眼看见的。我站在亨纳-福尔肯太太身后看见的。五点钟喝茶。五点四十五到六点半,黑暗捉迷藏。节目单上写得好好的。"

彼得没有和她争论,因为如果捉迷藏确实添加在亨纳-福尔肯太太的节目单上,那么他说什么也无法改变了。他又要了一块生日蛋糕,慢慢地小口喝着茶。也许这样可以拖延一刻钟,可是彼得还是没有得逞,其他孩子们都三三两两地离开了茶桌。这是他第三次失败,他又一次看见他弟弟的脸处在一只大鸟的翅膀阴影之下。但是他默默地责备自己的无能,当他想到大人常说的一句话,便吃光了蛋糕:"没什么好怕黑的。"兄弟俩是最后离开茶桌的,一起来到大厅,共同迎接召集人亨纳-福尔肯太太不耐烦的目光。

"现在,"她说,"我们来玩黑暗捉迷藏。"

彼得看着他的弟弟,发现他的嘴唇闭得紧紧的。他知道弗朗西斯从晚会一开始就害怕这个时刻的到来,一直鼓足勇气来面对它,而最终还是放弃了。他肯定曾祈祷能耍个小花招来逃避这个游戏,可现在这个游戏受到了别的孩子热烈地欢迎。"哦,我们玩吧!""我们得先分组。""房子有什么地方是不能去的吗?""哪里是大本营?"

"我觉得,"弗朗西斯·莫顿一边靠近亨纳-福尔肯太太一边说,他的目光坚定地集中在她丰满的胸部,"我不用参加了。我的保姆马上就会来找我。"

"哦,可是你的保姆可以等你,弗朗西斯。"亨纳-福尔肯太太说。她拍拍手,把那些误闯到宽大的楼梯上准备上楼的孩子召唤回身边。"你妈妈不会介意的。"

这是弗朗西斯的小花招所无法应付的。他难以相信如此精心准备的理由会不起作用。现在他能说的便是:"我想我还是不玩了。"说话的语气让别的孩子讨厌,认为那是他骄傲的标志。他站着不动,保持着不动,尽管心里很害怕。可是他的恐惧,或者恐惧的反射传到了哥哥的大脑里。那一刻,彼得·莫顿可能会因为灯光暗了而害怕地大声叫喊出来,把他一个留在黑暗的孤岛上,被陌生的轻轻的脚步声所包围。接着他意识到这恐惧不是来自于自己,而是他弟弟。他不假思索地对亨纳-福尔肯太太说:"求您了,我想弗朗西斯还是别玩了。黑暗会吓他一大跳的。"说错话了。有六个孩子开始唱道:"胆小鬼,胆小鬼,软骨头的胆小鬼。"一张张狰狞的脸如同空空如也的向日葵花盘转向弗朗西斯·莫顿。

看也没看一眼哥哥,弗朗西斯说:"我当然会玩的。我不怕。我只是想……"然而他早就被折磨者们所遗忘了。孩子们围绕在亨纳-福尔肯太太身边,叽叽喳喳地轻啄着她,问着各种各样的问题,提着各式各样的建议。"是的,房子的任何地方都可以。我们将把所有的灯都关上。是的,你可以藏在柜子里。呆在里面尽量别出来。没有大本营。"

彼得站在几步开外,为自己用如此拙劣的方式来帮助弟弟而深感羞愧。此时他感到弗朗西斯对他捍卫的举动恨之入骨,恨意悄悄地潜入他的大脑。几个孩子跑上了楼,顶楼的灯光灭了。黑暗如同蝙蝠的翅膀,扑盖下来,落在楼梯平台上。其他的孩子开始关上大厅边角的灯,最后孩子们都聚集到中央枝形吊灯的光圈下,而蝙蝠耸着翅膀蹲在四周,静候着吊灯也被熄灭。

"你和弗朗西斯是躲藏组的。"一个高挑的女孩说。这时灯灭了,他脚下的地毯随着脚步踏上去的咝咝声而晃动着,好像细细的冷风四处潜入到角落里。

"弗朗西斯在哪儿?"他想,"我要是和他一组,他就不会那么害怕这些声音了。""这些声音"指的是寂静的外壳:松动地板的吱嘎声,小心翼翼地关上柜门声,手指在抛光的木头上滑行时发出的呜呜声。

彼得站在空无一人的地板中央,四周一片漆黑,他不是在听,而是在等着有关弟弟在哪儿的念头进入大脑。然而弗朗西斯把手指插进耳朵,眼睛徒劳地闭着,思维麻木地对抗着印象,唯有紧张的情绪跨越了黑暗的鸿沟。有个声音喊道:"来了。"仿佛弟弟的镇定沉着被这突如其来的喊声所击碎,彼得·莫顿吓得跳了起来。但不是他自己的恐惧。弟弟身上灼人的痛苦到了他的身上便成为无私的情感,"如果我是弗朗西斯,我会躲在哪儿?"正因为他是弗朗西斯的一面镜子—如果算不上是本人的话——立刻便找到了答案。"在书房门左边,在橡木书架和皮靠椅之间。"双胞胎之间可能没有心灵感应的行话。他们曾经共同待在子宫里,他们不可能被分开。

彼得·莫顿轻手轻脚地向弗朗西斯躲藏的地方走去。偶尔地板会嘎吱一声响,由于担心会被人逮住,他便弯下腰解开了鞋带。鞋带头撞到地板,发出金属的敲打声,一大群谨慎的脚步朝着他的方向移动过来。到那时,他本来可以只穿着袜子,暗暗窃笑他们的追赶,然而有人在他扔掉的鞋子上绊了一跤,这让他的心也咯噔了一下。地板将再也无法出卖彼得·莫顿的行踪。穿着袜子,他悄无声息地准确无误地向目标走去。直觉告诉他快靠近墙壁了,于是,他伸出手,手指摸到了弟弟的脸。

弗朗西斯没有叫出声,然而彼得自己的心脏猛地一停,让他感知到弗朗西斯的恐惧。"没事。"他小声说，向下摸到一个蹲着的人形，最后他抓住一只紧握的拳头。"是我。我和你待在一起。"紧紧地抓住对方，他听到自己的耳语渐渐沉寂下去。一只手摸着彼得脑袋旁边的书架，他知道尽管自己在场，弗朗西斯的恐惧仍未消失。不再那么强烈，可以承受，他希望能如此，可是恐惧仍然存在。他知道他体会到是弟弟的恐惧，不是自己的。黑暗对他来说，只是没有光亮而已；黑暗里摸索的手只是小伙伴的手而已。他耐心地等待着被人捉住。

他再次陷入沉默，因为在他和弗朗西斯之间，那是最亲密的交流。手拉着手，思想快速流动，胜于用嘴唇来定型词汇。他能体验到弟弟完整的情感过程，从意外接触而引起的急剧，到恐惧状态下稳定的脉动，现在心率也稳定下来。彼得·莫顿屏气凝神："我在这儿。你不用害怕。灯马上就会亮起来。那个沙沙声，那个响动，都没什么好害怕的。只是乔伊斯而已，只是梅贝尔·沃伦而已。"他拼命地向那个不断往下滑的人影灌输着安全的信息，可是他能感觉到恐惧仍在继续。"他们开始窃窃私语了。他们找我们找累了。所有的灯马上就会打开。我们就要赢了。别害怕。有人在楼梯上。我想是亨纳-福尔肯太太。听。他们在找开关呢。"脚步在地毯上移动，手在墙壁上摸索着，一扇窗帘拉开了，门柄咔哒一声，橱柜门推开了。他们头顶的书架上，一本书被摸的松动了。"只是乔伊斯而已，只是梅贝尔·沃伦而已。只是亨纳-福尔肯太太而已。"鼓励逐渐升温，然后，枝形吊灯如同果树一般，粲然绽放。

孩子们兴奋的声音渐渐响起，聚集到光芒下。"彼得在哪儿?""你上楼找过吗?""弗朗西斯在哪儿?"可是他们不说话了,亨纳-福尔肯太太尖叫了起来。但是她并不是第一个发现弗朗西斯·莫顿静止不动的人,哥哥的手一摸到他,他便背靠着墙瘫软下去。彼得仍然拉着紧握的手指,茫然无措,悲痛万分。不仅仅是因为弟弟的死。他的大脑太年轻了还不能理解这完全的矛盾。带着一丝模糊的自怜,他怎么也想不通为什么弟弟恐惧的脉动仍在继续,而弗朗西斯现在身处的地方正是他一再被告知没有恐惧、也没有黑暗的地方。

一九二九年